Der Sündenbock

J. Müller-Späth

Der Sündenbock

Thriller

fischer krimi

Sag ihnen,
mein Handwerk ist (Wieder)Vergeltung –
Rache ist mein Gewerbe.

Friedrich Schiller

Prolog

Angst kommt nicht leise angeschlichen, tippt einem nett auf die Schulter und entschuldigt sich, weil sie nach dem Weg fragen muss. Angst schlägt einem direkt in den Bauch, sodass die Innereien zerquetscht werden und man nicht mehr atmen kann. Angst ist brutal und vorsätzlich.

Noch nie im Leben hatte die Angst so stark zugeschlagen wie jetzt.

1

Kathy bemerkte, dass ihr Gegenüber nervös mit der Serviette herumspielte. Entweder war er gänzlich aus der Übung, was den Umgang mit Frauen betraf, nicht an ihr interessiert oder schlichtweg der schüchterne Typ, was ihr aber in Anbetracht seiner überdurchschnittlichen Erscheinung eher unwahrscheinlich vorkam. Die Beschreibung seines Online-Profils und die Tatsache, dass er sie zuerst angeschrieben hatte mit einem netten »Guten Abend, die Dame«, passten so gar nicht zu dem Menschen, der schwitzend und stotternd vor ihr saß, was ihn mit einem Mal unattraktiv machte.

Nicht einmal die gemütliche und dennoch edle Atmosphäre des Restaurants vermochte ihre Stimmung aufzuhellen. Doch der Lachs schmeckte hier vorzüglich. Nicht jeder traf die genaue Mitte zwischen buttrig und dennoch nicht zu fettig. Vorzüglich. Sie würde hier noch mal einkehren. Aber ohne ihn.

> Michael, 34
> Suche die Frau, mit der ich romantische Abende bei einem Glas Champagner und einem funkelnden Sternenhimmel auf meiner Dachterrasse verbringen kann. Mit mir wird es dir niemals langweilig.

Seltsam. Denn langweilig war das perfekte Attribut für diesen Abend. Sie trank einen großzügigen Schluck Rotwein.

In den letzten fünfundzwanzig Minuten hatte sie ihm seinen Lebenslauf förmlich aus der Nase ziehen müssen und trotzdem war sie nicht viel schlauer als vorher, dabei hatte er bei den nächtlichen Chats so vielversprechend gewirkt. Doch mittlerweile lockte sie nicht einmal mehr die im Profil versprochene Dachterrasse.

Wahrscheinlich besaß er nicht einmal eine solche und trank billigen Wein. Sie hatte explizit für heute Abend ihre reizvolle Unterwäsche angezogen, die mit der roten Spitze, die eigentlich jeden Mann oder sogar Frau neugierig machte. Doch nicht einmal die recht großzügig ausgeschnittene Bluse schien ihn zu locken, oder er vermied den Blick in diese Richtung mit Absicht. Mit einem Mal kam sie sich albern vor, als würde sie in einer Verkleidung stecken, die gar nicht zu ihr passte. Sie rückte unauffällig ihren Kragen zurecht, sodass der Ausschnitt sich verkleinerte.

Reine Zeitverschwendung, dachte sie und lehnte sich in dem samtenen Stuhl zurück. Sie hatte doch nur ihrem tristen Alltag entfliehen und einen entspannten und mit Leidenschaft erfüllten Abend genießen wollen, doch damit dieser noch eine positive Wendung nahm, musste sie eben selbst dafür sorgen.

Sie atmete laut hörbar aus und leerte ihren verbliebenen Rotwein in einem Zug. Trockener Abgang. Genau wie dieser Abend.

»Du, das wird nichts mit uns«, stellte sie nüchtern und sachlich fest und ließ ihre Stimme bewusst kalt klingen. Emotionslos. Zum ersten Mal an diesem Abend schaute er ihr direkt ins Gesicht. Das flackernde Kerzenlicht spiegelte sich in seinen Augen und beinahe sah es so aus, als müsse er weinen. *Armer Kerl.*

»Habe ich etwas falsch gemacht?«, fragte er. Seine Enttäuschung konnte er nicht verbergen.

Sollte sie ihm sagen, dass sie eine tiefe Abneigung verspürte? Gegen die Art von Mann, die sich online auf inszenierten Fotos perfekt darstellte, aber im wahren Leben nicht mal ansatzweise eine dezente Konversation führen konnte? Die Art Mann, die die Bezeichnung nicht einmal verdiente? Nein, das wäre taktlos und gemein, obwohl ihr passende Worte schon auf der Zungenspitze lagen und sie sich gewaltig auf diese beißen musste. Irgendwann würde er schon eine Frau finden, die mehr Geduld hatte oder einfach dumm genug war, auf diese Show hereinzufallen. Nun gut, in diese Falle war sie selbst auch hineingetappt. Wie schnell man sich doch von äußerlichen Dingen blenden lassen konnte, war immer wieder erstaunlich. Aber träumte nicht jeder von einem besseren Leben? Um dem eigenen zu entfliehen? In der Hierarchie aufzusteigen?

»Ach, es liegt an mir«, log sie. »Ich bin einfach noch nicht bereit für das alles hier.« Sie deutete mit dem Finger auf sie beide. »Die letzte Trennung macht mir immer noch sehr zu schaffen …« Sie senkte den Blick in gespielter Trauer, drückte sogar eine Träne aus dem Augenwinkel, und es verfehlte seine Wirkung nicht. Die letzte Trennung lag schon einige Jahre zurück, aber das musste er ja nicht wissen. Sie hatte eben kein Glück mit Männern.

Stefan hatte sich vor einigen Jahren von ihr getrennt. Sie hatten sich im letzten Jahr des Abiturs kennengelernt und waren schnell zusammengekommen. Doch im Laufe der Jahre stellte sich immer mehr heraus, dass ihre Ambitionen in verschiedene Richtungen gingen. Stefan war der typische Karrieretyp. Auf das große Geld hinaus. Ein reiches Muttersöhnchen, das den Sportwagen seines Vaters zu Spazierfahrten ausführte. Mit den Jahren konnte sie nicht mehr mithalten und verlor sein Ansehen. Sie lebten sich auseinander.

Sicher, dass deine Trauer gespielt ist? Er war immerhin die Liebe deines Lebens …

»Das verstehe ich«, sagte er mitfühlend und wollte ihre Hand ergreifen, in der Hoffnung, vielleicht noch ein paar Minuten mit ihr verbringen zu können. Sie entzog sie ihm sofort. Er bestand darauf, die Rechnung zu bezahlen, was ihrer Ansicht nach das mindeste war, um diesen Abend wieder gutzumachen.

Kathy bedankte sich mit ihrem überzeugendsten Lächeln, versprach, ihn demnächst anzurufen, was sie nicht tun würde, verabschiedete sich, verließ das Fünf-Sterne-Restaurant und ließ ihn verstört zurück.

Draußen wählte sie umgehend die Nummer ihrer besten Freundin, die beim zweiten Klingeln abnahm.

»Lissy, du glaubst es nicht. Der Typ ging mal gar nicht.«

»Warum? Was war los mit *Mr. Perfect?*«, wollte Lissy wissen.

Kathy hatte ihrer Freundin tagelang von *Mr. Perfect* vorgeschwärmt, der ihr wie *der Eine* vorgekommen war. Lissy war auf den Wagen aufgesprungen und hatte sie ermutigt, das Treffen endlich anzugehen. Also musste sie jetzt auch als Therapeutin hinhalten.

»*Mr. Perfect …*«, Kathy lachte laut auf, »perfektes Aussehen, Geld, aber nicht Manns genug, um seinen Mund aufzumachen? Ich musste mir schon Geschichten ausdenken, um aus diesem Date herauszukommen.«

Lissy lachte. Wahrscheinlich konnte sie sich den Verlauf des Abends bildlich vorstellen. Ein schweigender Mann und die mit wenig Geduld gesegnete Kathy auf der anderen Seite des Tisches, die genervt mit den perfekt manikürten Fingernägeln auf der Tischplatte trommelte.

»Gib nicht auf«, holte sie aus, »Mark und ich haben uns auch so kennengel…«

»Jaaaa, ich weiß«, unterbrach Kathy sie, »und jetzt seid ihr schon drei Jahre zusammen, bla, bla … Aber vielleicht findet man auch in der Realität einen Partner.«

Kathy wusste selbst nicht, ob sie hinter diesen Satz einen Punkt oder ein Fragezeichen setzen sollte.

Überall, wo man nur hinschaute, flüchteten sich Menschen über ihr Smartphone in eine andere Welt. Eine bessere Welt? Zumindest anonymer. Je mehr man von sich preisgab, umso größer war die Verletzungsgefahr.

»Online-Dating ist die neue Realität.« Lissy klang wie der Vertreter einer Datingseite. Doch bevor sie weiter die Vor- und Nachteile des Online-Datings ausschmücken konnte, äußerte Kathy, dass sie nun nach Hause fahren und sich morgen melden würde.

Sie legte auf und schaute auf ihre goldene Armbanduhr. Halb neun. Viel zu früh, um an einem Samstagabend nach Hause zu gehen und sich ins Bett zu legen.

Sie steuerte eine Bar an, die nur vier U-Bahn-Stationen von hier entfernt und sowieso auf ihrem Nachhauseweg lag. Ihr Auto ließ sie in einer Seitenstraße stehen, um es am nächsten Tag dort abzuholen. Hier in der Gegend stand es sicher und würde nur sehr unwahrscheinlich Opfer eines Brandanschlages oder Autodiebstahls werden, wie es in anderen Stadtteilen häufiger vorkam.

Dort angekommen betrat sie die von außen einladend aussehenden Räumlichkeiten. Zwei in voller Blüte stehenden Birken gaben den verschleierten Blick auf hohe, weiß gerahmte Fenster frei, durch die man Menschen bei einem Glas Wein sitzend erkennen konnte.

Das fahle Kerzenlicht verlieh dem Raum einen goldenen Schimmer und warf zarte flackernde Schatten an die Wände. Schatten von Menschen, die sich in diese Atmosphäre fallen ließen. Die perfekte Weinbar. Hier gab es ausschließlich erlesene Tropfen. Kathy war kein Freund von Kneipen oder Pubs. Sie waren ihrer Meinung nach viel zu stickig und die Gäste zu gewöhnlich. Kein Ort, um den Mann fürs Leben kennenzulernen.

Ein Glas Merlot und eine Zigarette waren jetzt genau das Richtige, um dieses »Date«, was wohl kaum diese Bezeichnung verdiente, zu vergessen.

Sie erspähte einen männlichen Gast, der ihr vage bekannt vorkam, wahrscheinlich war er öfter hier. Sie bahnte sich einen Weg an die Bar. Er grinste sie an und sie winkte ihm zu, als würden sie sich schon ewig kennen. Er stellte sich als Markus vor und bemerkte, wie gut sie doch an diesem Abend aussah, wobei sein Blick direkt zu ihrem Ausschnitt wanderte. Die Art und Weise, wie er ihr ein Glas Wein spendierte, ihr dann die Zigarette anzündete, obwohl sie offensichtlich ein Feuerzeug in der Hand hielt, wie sie den Rauch langsam und gezielt ausatmete und ihn dabei ansah, ließen keine Zweifel übrig. Er wollte sie. Sie wollte ihn. Und er sah dazu noch sehr attraktiv aus mit seinen dunklen Locken. Seinen Bart würde sie sich schön trinken. So lief das hier. Falsch. So lief das bei ihr. Sie nahm sich, was sie wollte, zumindest, wenn es um das Stillen ihrer körperlichen Bedürfnisse ging. Gesunder Egoismus.

Aus den Boxen in der Ecke ertönte romantische Jazzmusik, die dem ganzen Ambiente einen nostalgischen und nahezu romantischen Anstrich verlieh.

Eine schwache Seite in ihr sehnte sich danach, einfach nur gehalten und geliebt zu werden, doch diese verstummte mit dem zweiten Glas Merlot.

2

Etwa sechsunddreißig Stunden später schloss Kathy die Tür zu ihrem Büro in der Psychotherapeutischen Klinik auf, welche im zweiten Stock des U-förmigen Kastens lag. Dieser wirkte von außen nicht sehr einladend mit seinem gräulichen Anstrich und den teilweise vergitterten Fenstern, die eher an ein Gefängnis erinnerten, was es im Grunde auch war. Umgeben war die Klinik von weiteren kleineren Häusern mit rotem Ziegelbau, in welchen unter anderem kreative Therapien stattfanden, wie beispielsweise Musik- oder Kunsttherapie.

Im Nationalsozialismus waren in diesen Gebäuden undenkbare Dinge an alten, kranken und behinderten Menschen verrichtet worden. Manchmal hatte Kathy das Gefühl, dass man die Schreie noch immer hören konnte, als hätten die Steine sie aufgesogen, um die Geschichten erzählen zu können, damit man sie nie vergessen würde.

Sie wusste selbst nicht, ob sie an Geister glaubte. Der Gedanke hatte etwas Unheimliches, aber auch recht Tröstliches.

Der eher spärlich bepflanzte, aber dafür mit vielen Laubbäumen ausgestattete Park verschaffte zwar dem ganzen Anwesen ein wenig Farbe und einen Hauch von Gemütlichkeit, die aber sofort durch die vielen nikotinabhängigen Patienten zerstört wurde, welche mit ihren Glimmstängeln eine gewaltige Rauchwolke produzierten, die den Haupteingang zierte. Manchmal wusste sie nicht zu sagen, ob sie die Menschen da draußen vor den Menschen hier drinnen beschützte oder umgekehrt. Diejenigen, die sich keine Hilfe suchten, obwohl Hilfebedarf bestand, waren viel gefährlicher. Unberechenbar.

Sie war immer noch stolz, wenn sie das goldene Schild sah, dass ihr Vater extra hatte anfertigen lassen und ihr feierlich überreicht hatte, als sie ihren Abschluss gemacht hatte. Wenn es um ihren Erfolg ging, war er immer förderlich gewesen. Sie hatte sich trotzdem geschämt, als man sie für das Medizinstudium abgelehnt hatte. Ihr Numerus Clausus war zu schlecht gewesen. Sie hatte sich im letzten Jahr des Abiturs etwas gehen lassen, da ihr Partys und Jungs viel mehr zugesagt hatten, als sich hinter Schulbüchern zu verkriechen. Doch dafür bezahlte sie heute noch.

Natürlich hatte er sie sofort in »seiner« Klinik angestellt, wo er Chefarzt war und seitdem mit ihr Seite an Seite arbeitete. Sie wusste nicht genau zu sagen, ob er sie aus Mitleid oder Nächstenliebe angestellt hatte oder weil er tatsächlich Hoffnung und Nutzen in ihrer Tätigkeit sah. Die einzige, noch dazu sehr eigensinnige Tochter, die es doch noch zu etwas gebracht hatte. Bravo!

Katharina S. von Bergen.
Psychotherapeutin.

Sie hatte das beste Büro der Station bekommen. Geräumig, sonnig. Die von ihr ausgesuchte Inneneinrichtung in Cremefarben und zartem Grün sprach ihrer Meinung nach für guten Geschmack und Eleganz, zugleich strahlte sie aber auch Ruhe und Ordnung aus. Gerade Schnitte, kein unnötiger Schnickschnack. Grünpflanzen und filigrane Dekorationsartikel verschafften eine gemütliche und zugleich gehobene Atmosphäre. Man hatte nicht das Gefühl, in irgendeinem

Hinterzimmer behandelt zu werden. Hier wurden neben Kassenpatienten unter anderem hochkarätige Privatpatienten behandelt, die unter Schlafstörungen litten, eine unglückliche Ehe führten oder Errektionsprobleme hatten. Ihrer Meinung nach waren sie in einer Einrichtung wie dieser fehl am Platz. Aber wer das nötige Kleingeld hatte, der konnte sich einen Aufenthalt hier schon mal leisten im abgetrennten Bereich der Klinik. Letzten Endes diente der besonders zurechtgemachte Flügel des Hauses auch nur dazu, den vornehmen Herrschaften vorzugaukeln, dass sie nicht in der »Klapse« waren. Nach ihrer Behandlung konnten sie getrost zurück zu ihren Golfclubs und schicken Geschäftsessen und berichten, dass sie den Sommer über in einer Residenz verweilt hatten, um ihre Mitte zu finden. Blödsinn, aber gut.

Zu ihrem Bedauern hatte sie bisher nur wenige Menschen behandelt, die »ernsthafte« Diagnosen hatten und ihr das Gefühl vermittelten, eine Sinnhaftigkeit ihrer Existenz zu erkennen. Manchmal hatte sie sich ernsthaft gefragt, wofür sie eigentlich studiert hatte, wenn sie ihren Patienten Ratschläge erteilte, die sie jedem Fremden auf der offenen Straße hätte geben können. Sie hatte im Studium diverse und komplexe Krankheitsbilder mit entsprechender Diagnostik und Behandlungsstrategien kennengelernt und konnte im Alltag maximal zwanzig Prozent ihres Wissens wirklich ausschöpfen. Ihr Traum war es gewesen, in einer Psychiatrie mit »Härtefällen« zu arbeiten. Schizophrenie. Paranoia. Suizidales Verhalten. Psychopathen.

Doch ihr Vater, der zugleich auch ihr Vorgesetzter war, hatte zunächst entschieden, dass sie zu zartbesaitet wäre und ihr verweigert, auf der »geschlossenen« Station zu arbeiten, auf die sie sich ihr ganzes Studium vorbereitet hatte.

Bis vor einem Monat. Eine Stelle war plötzlich frei geworden, da die Kollegin unverhofft schwanger geworden war. Nachdem sie ihn förmlich auf Knien angefleht hatte, ließ er sie doch versetzen. Sie wollte ihm beweisen, dass sie in seine Fußstapfen treten konnte. Und sie würde ihn nicht enttäuschen. Sie hatte ihr kleines Büro gegen dieses schicke Zimmer eingetauscht und war durchaus stolz auf ihren Fortschritt. Verwöhnte und snobistische Patienten hin oder her, die sich weigerten, sich von anderen Therapeuten behandeln zu lassen und nur eigens für sie herkamen. Wahrscheinlich lag es eher an ihrem Namen. *Von Bergen* versprach Behandlungserfolge.

Sie blickte auf die Gemälde an der Wand, welche wohl das Wertloseste im Raum, aber gleichzeitig das für sie Wertvollste waren. Ihre Mutter malte sie, als sie noch lebte, aber Kathy hatte es nie über das Herz gebracht, sie wegzugeben, obgleich sie nicht zum Rest der Einrichtung passten. Es waren Stillleben von Vasen und Pflanzen, in zarten Pastelltönen gehalten, und sie zeigten die Natur ihrer Mutter, ihre Beschwingtheit und Leichtigkeit. Zarte Pflanzenstrukturen, zerbrechlich. So war sie zuletzt gewesen, als der Krebs sie langsam aufgefressen hatte. Kathy war damals noch zu klein gewesen, um zu verstehen, was Tod bedeutete. Sie hatte lange nach ihrer Mutter gesucht, die so plötzlich weg war. Und in diesen Bildern fand sie jedes Mal ein weiteres Fragment, welches ihre Mutter beschrieb.

Selbstlos. Liebevoll. Präzise.

In der linken Hand hielt sie einen doppelten Espresso vom Café an der Ecke, dessen Geruch allein schon alle ihre Sinne zu erwecken vermochte.

Ein Blick auf die Wanduhr verriet ihr, dass sie noch genug Zeit hatte, bevor ihr erster Patient eintraf.

Zwischen sieben und acht Uhr begann der Klinikalltag der Patienten, die sich mühsam aus den Betten quälten, gedankenverloren auf ihr kärgliches Frühstück starrten und versuchten, mit dem wahrscheinlich entkoffeinierten Kaffee wacher zu werden, sofern das unter einer Sedierung überhaupt möglich war.

Sie hatte den Termin auf halb zehn angesetzt, sodass sie in Ruhe ihr koffeinhaltiges Getränk genießen und das Zimmer lüften konnte, welches an warmen Frühlingstagen, wie es heute einer werden würde, immer schnell aufheizte.

Sie praktizierte schon seit einigen Jahren und hatte sich einen guten Ruf erarbeitet. Nicht zuletzt durch die Bekanntschaft und Reichweite ihres Vaters. Der Chefarzt der Psychiatrie. Herr Dr. Martin von Bergen. Eine Koryphäe auf seinem Gebiet. Sie waren vielmehr Kollegen als Vater und Tochter. Aber das war ihr gleich.

Sie warf einen Blick aus dem Fenster und sah eine Handvoll Patienten über den Hof schlurfen. Arme Kreaturen. Aber sie waren hier, um Hilfe zu bekommen. Und das erfüllte sie auf eine ganz besondere Weise. Denn sie war an diesem Prozess beteiligt, hörte zu und wurde Teil eines prägenden Lebensabschnittes.

Die Magnolie vor dem Haus, die gerade erst begonnen hatte, ihre wahre Pracht zu entfalten, verlor schon die ersten Blüten, welche vom Wind im ganzen Garten verstreut wurden und dort einen zarten weißen Teppich bildeten. Schönheit war vergänglich, und hätte sie eine Metapher dafür wählen müssen, so wäre es dieser Baum.

Doch niemand schien diese Schönheit sehen zu wollen.

Zu sehr war jeder in seinen eigenen dunklen Gedanken gefangen.

Pünktlich um halb zehn klopfte es energisch an ihre Tür. Sie öffnete.

»Guten Morgen, Frau von Bergen«, begrüßte Tim sie aufgedreht. Er war nach einem Suizidversuch eingeliefert worden und hatte die ersten Wochen auf der geschützten Station verbracht. Mittlerweile war er auf der offenen Station, auf der sie vorher praktiziert hatte, aber er hatte ausdrücklich verlauten lassen, dass er ausschließlich mit ihr kooperieren würde. Seine Aussage hatte sie beflügelt. War sie so gut? Konnte sie dieser gebrochenen Seele tatsächlich dabei helfen, wieder einen Sinn im Leben zu erkennen?

Der eher konservative Stationsarzt hatte nach einer längeren Diskussion widerwillig zugestimmt. Immerhin stand das Wohlbefinden der Patienten an oberster Stelle.

Kathy kannte ihren Patienten mittlerweile schon zu gut, als dass er sie täuschen könnte. Es ging ihm heute gar nicht gut. Sein Aufzug aus zerbeulter Jogginghose und verwaschenem T-Shirt, dessen Logo schon längst nicht mehr zu erkennen war, und seine viel zu kleinen Hauspantoffeln gaben Aufschluss über seinen Gemütszustand, denn üblicherweise achtete er auf sein Aussehen. Hose und Shirt mussten farblich aufeinander abgestimmt sein. Meist trug er dunkle Jeans und Poloshirt, denn seiner Aussage nach war das Poloshirt die perfekte Mischung aus lässig und elegant.

Seine Haare hingen ihm heute allerdings verwahrlost in die Stirn und gaben nur Blick auf ein Auge frei, welches ihr nicht direkt ins Gesicht sehen wollte.

»Hallo, kommen Sie doch herein.« Er musste wohl bemerkt haben, dass sie ihn durchschaut hatte.

Er ging direkt in den Behandlungsraum, wo er sich umgehend auf dem grünen Sofa niederließ, welches ihn beinahe zu verschlucken schien. Kathy ließ all ihren Patienten die Wahl, ob sie sitzen, stehen, gehen oder liegen wollten. So wie es für den Einzelnen komfortabel war. Zudem sollte es ihnen vermitteln, dass sie über einen freien Willen verfügten und war zeitgleich eine gute Übung, selbstständige Entscheidungen zu treffen, die sich positiv auf den Heilungsprozess auswirken sollten.

Seit ein paar Wochen traf Tim fast ausnahmslos jeden Montag bei ihr ein und war ihr in der kurzen Zeit sehr ans Herz gewachsen. Er wirkte jünger als er war. So zerbrechlich und blass, obwohl er nicht untergewichtig war. Seiner Akte nach war er Anfang zwanzig. Ein Alter, in dem man noch jegliche Lebenskraft besaß. Der Jugend gerade entflohen. In den Anfängerschuhen des Erwachsenseins, und doch sah er aus, als trüge er alle Lasten der Welt zugleich auf seinen Schultern, wodurch diese gebeugt herabhingen. Anfangs war er ihr gegenüber sehr verschlossen gewesen, nahezu feindselig, und sie hatte sich umso mehr gewundert, dass er sie als seine behandelnde Therapeutin verlangte. Doch dann ließ er sie näher an sich heran, begann sich langsam zu öffnen, und sie hatte das aufrichtige Gefühl, dass er ihr vertraute.

Sein fröhliches Wesen war eine Maske, die er sich über Jahre hinweg angeeignet hatte, und Kathy musste zugeben, dass sie aufrichtig betrübt war, dass so junge Menschen wie Tim schon derartig depressiv sein konnten, dass ihnen nur der Tod noch verlockend erschien. Ein einfacher Ausweg. Befreit.

Kathy nahm ihm gegenüber auf dem Stuhl Platz, zückte ihren Notizblock und eröffnete das Gespräch.

»Wie geht es Ihnen?«

»Ich hatte eine gute Woche, ein paar Aufs und Abs, aber allgemein echt gut.« Er versuchte, sie mit oberflächlichen Antworten abzuspeisen, doch damit gab sie sich nicht zufrieden. Seine Stimme war hoch und ließ ihn noch jünger wirken, auch wenn er sich noch so Mühe gab, dieser Kraft zu verleihen.

»Erzählen Sie mir von den ›Aufs‹?«

»Ich habe endlich ein Einzelzimmer bekommen. Der alte Zimmernachbar hat echt nervig geschnarcht, das ging gar nicht mehr.«

»Das klingt doch sehr gut, das freut mich sehr für Sie.«

»Ja und die Aussicht ist gar nicht so schlecht. Ich sehe sogar tatsächlich mal einen Baum anstatt diesen langweiligen Innenhof.« Er versuchte zu lachen, doch es gelang ihm nicht so recht.

»Möchten Sie heute über Ihre negativen Gefühle sprechen? Sind Sie dafür stark genug?«

»Ja, vielleicht … also ich denke, dass ich es kann …« Er wich ihrem Blick aus, wie er es immer tat, wenn es für ihn zu persönlich wurde. »Manchmal werden die Gedanken einfach zu viel, aber ich kann mich mittlerweile besser beruhigen, vor allem mit diesen Atemübungen, die Sie mir das letzte Mal gezeigt haben.« Er atmete tief ein und aus, um es zu verdeutlichen.

»Das freut mich, haben Sie denn Ihre Skills anwenden können?«

Unter Skills versteht man in der Psychotherapie Fertigkeiten, die man in stressenden Situationen ausführen kann, um die Anspannung zu lindern und sich von negativen Gedanken oder gar selbstverletzendem Verhalten abzuhalten. Viele Patienten reagieren gut auf Wechselduschen, Spaziergänge oder ein Gummiband, welches man um das Handgelenk trägt und mit dem durch Anspannen und abruptem Loslassen ein Schmerz erzeugt wird, um sich von selbstverletzenden Gedanken und etwaigen Handlungen abzulenken. Tim bevorzugte die Wechseldusche und das Gummiband. Es hatte auch schon Zeiten gegeben, wo sein Handgelenk derart rot gewesen war, dass sich die Frage nach seinem Wohlbefinden erübrigt hatte. Und es hatte wieder andere Zeiten gegeben, wo weder Skills noch Medikamente geholfen hatten und er sich mit einer Glasscherbe die Arme verunziert hatte. Keine tiefen Schnitte, aber tief genug, um sichtbare Narben zu hinterlassen, die er vor ihr zu verstecken versucht hatte. Sie konnte ihn nicht zwingen, ihr seine Arme zu zeigen, aber gelegentlich fragte sie danach.

Als könne er ihre Gedanken lesen, hielt er ihr die Handgelenke hin und krempelte auch seine Ärmel hoch. Keine neuen Schnitte. Sie lächelte.

»Die Dusche hat ausgereicht.« Er grinste, was ihn noch jünger, aber auch auf eine gewisse Weise attraktiv erscheinen ließ.

»Sie dürfen aber auch ruhig Ihre Bedarfsmedikation einfordern, wenn es Ihnen zu viel wird. Denken Sie daran, Ihre Grenzen nicht zu überreizen.«

»Das Zeug macht mich aber immer so müde …«

Er berichtete ihr von den Herausforderungen seines Alltags außerhalb der Klinik. Er hatte angefangen, Betriebswirtschaftslehre zu studieren, jedoch das Studium zügig abgebrochen, um eine Lehre als Kfz-Mechaniker anzufangen, die er ebenfalls abgebrochen hatte und nun »schwarz« in der Werkstatt seines Onkels arbeitete. Es belastete ihn, dass er mit Mitte zwanzig noch »nichts erreicht« hatte, wie er häufig betonte. Sie notierte sich, wem er wohl etwas beweisen wollte. Sie würde ihn zu gegebener Zeit danach fragen.

Er hatte das Gefühl, ein Versager zu sein, von der eigenen Familie verstoßen. Schon in der ersten Stunde hatte sie bei Tim die Diagnose einer Persönlichkeitsstörung erkannt und jede weitere Therapiestunde lieferte ihr neue Indizien, die ihre Vermutung bestätigten. Jedoch würde es noch eine Weile dauern, bis sie der eigentlichen Ursache näherkommen würden, die ihm vermutlich selbst noch nicht gänzlich bewusst war.

Er sprach immer wieder von »dem Monster«. Die dunkle Seite in ihm, die nicht mehr kämpfen wollte. Das Wesen, das ihn auffraß. Die Angst. Das, was ihn schon einmal beinahe in den Tod geführt hatte.

Die fünfundvierzig Minuten verstrichen viel zu schnell.

Die nächste Patientin wartete bereits vor der Tür, als Tim den Raum verließ.

»Kommen Sie herein, Frau Krämer.«

Die sichtlich verstörte junge Frau war seit einer Woche auf der geschützten Station. Nachdem sie von einem Passanten apathisch und nur spärlich bekleidet in einem Park gefunden worden war, hatte man sie zunächst in ein gewöhnliches Krankenhaus gebracht, um sie körperlich untersuchen zu lassen.

Sie war vergewaltigt worden. Kurz nach der Nachricht hatte sie sich selbstständig entlassen und war ihrem Alltag nachgegangen, als wäre nichts gewesen. Schockzustand.

Eine Freundin redete ihr jedoch zu und meldete sie hier

an. Dies war ihre erste Begegnung mit einer Psychiatrie, und Kathy vermutete, dass es sehr aufwendig sein würde, Informationen zu erhalten, wenn die Patientin die Tat leugnete, um sich zu schützen.

Wenn man sich eine Lüge lang genug erzählt, dann glaubt man sie irgendwann. Doch die Wahrheit findet immer einen Weg ans Tageslicht. Nur war es beruhigender, wenn sie diese in einem geschützten Umfeld mit medizinischer Betreuung realisieren würde.

3

Die Kapuze tief ins Gesicht gezogen, beobachte ich aus meinem Versteck hinter den Büschen auf der anderen Straßenseite, wie du das Haus verlässt, in welchem sich deine Wohnung befindet. Du schaust auf dein Handy.

In dem Trubel falle ich nicht auf. Ich grinse. Es ist eine gute Nachricht, die du gerade liest. Ich weiß es genau, denn ich habe sie geschickt.

Auf Social Media habe ich deinen Account schnell gefunden, durch die Bilder gescrollt, die überwiegend teure Mahlzeiten und Partygeschehen zeigen. Ich legte mir einen Account unter dem Namen **derTraumschwiegersohn_Daniel** an. Zu kitschig? Zu offensichtlich? Dachte ich auch zuerst, und mir war auch bewusst, dass ich wahrscheinlich im Spam-Ordner landen würde. Aber ich habe immer einen Back-up-Plan für einen Back-up-Plan und wäre zur Not auch auf einen Briefverkehr umgestiegen, was irgendwie auch etwas Romantisches gehabt hätte. Zudem weiß ich, wo du wohnst, und hätte die Post sogar persönlich vorbeibringen können. Eventuell hebe ich mir dieses Vorhaben für später auf. Doch glücklicherweise ist die Mail erfolgreich durchgegangen, wie ich deinem Gesicht entnehmen kann. Du wirkst irritiert und neugierig zugleich.

Ich habe dich lange studiert. Ich weiß, was du brauchst. Ich weiß, wie sehr du dich nach Aufmerksamkeit und Bestätigung sehnst. Zwar nicht so offensichtlich, aber ich kenne Frauen wie dich.

Jede Maske ist nur so stark wie das Material, aus dem sie

gefertigt ist, und deine ist aus feinem Porzellan. Wunderschön, aber fragil.

Ich weiß, dass du schon länger auf der Suche nach einem Partner bist, aber keinen Erfolg zu haben scheinst. Ich weiß, dass du nahezu jedes Wochenende von Bar zu Bar rennst. Aufgebrezelt, aber dennoch stilvoll. Das muss ich dir lassen.

Unsere Schnittmenge ist unsere gemeinsame Vergangenheit, und wäre diese nicht gewesen, dann wärst du durchaus eine Frau, die ich begehren würde. Doch ich werde mich nicht von deiner Schönheit blenden lassen.

Ein kleines Luder bist du.

Hin- und hergerissen zwischen dem Wunsch nach wahrer Liebe und Beständigkeit oder doch lieber körperlicher Hemmungslosigkeit.

Vermutlich sind alle deine Freundinnen bereits glücklich verheiratet, erwarten ihr erstes Kind und planen ihr Haus am Stadtrand, während du von Neid geplagt zusehen und dich stattdessen ins Nachtleben flüchten muss. Um zu vergessen. Um dir deine Lügen schön zu trinken.

Es ist an der Zeit, dass nach meinen Regeln gespielt wird, und den ersten Zug habe ich gerade getan. Heute ist der Tag X.

Hey, ich finde dein Profil sehr ansprechend. Ich meine fast, dich irgendwoher zu kennen, aber ich kann mich auch täuschen. Vielleicht darf ich dich mal auf einen Kaffee einladen oder einen Drink? Hier gibt es ja ein paar gute Bars in der Stadt.

Liebe Grüße
Daniel

Im Gegensatz zu den meisten Menschen aus deinem Umfeld weiß ich, dass du dir gerne langweilige Dokumentationen reinziehst. Meist True-Crime-Stories. Dabei sitzt du in dem königsblauen Ohrensessel in deinem schicken Wohnzimmer und trinkst ein Glas Wein. Meistens rot.

Eine softe Seite hast du tatsächlich, aber die kenne nur ich. Ich fühle mich geradezu privilegiert. Du trägst zum Beispiel gerne Kuschelsocken und steckst deine Schlafanzughose hinein. Abends machst du dir immer ein paar Kerzen an.

Wenn man dich nur flüchtig kennenlernt, dann könnte man den Eindruck haben, dass du eine von diesen Frauen bist, die Beruf und Privatleben zugleich perfekt meistern und dabei stets gut aussehen. Eine rundum ausgeglichene, nette Person. Immer ein Lächeln auf dem Gesicht. Freundlich zu den Nachbarn. Grüßt jeden, den du siehst.

Die Rolle spielst du aber auch echt überzeugend, das muss ich dir lassen, aber ich weiß es besser. Viel besser. Du spielst nicht nur diese Rolle überzeugend. Du stellst auch die Psychologin so gut dar, dass man dir umgehend einen Oscar aushändigen sollte. Aber ich werde dein perfekt idyllisches Kartenhaus in sich zusammenstürzen und dich so leiden lassen, wie du es mir angetan hast.

Kennen Sie dieses aufregende Kribbeln im Bauch, wenn ein langersehntes Ereignis endlich zustande kommt? Ich verspüre es gerade so intensiv wie nie zuvor und muss mich bremsen, nicht zu schnell vorzugehen, sondern mich an den Plan zu halten.

»Ich weiß, wer du bist, Kathy, und wozu du fähig bist«,

flüstere ich diabolisch und kann mir ein Grinsen nicht verkneifen. »Ich weiß, wer du *wirklich* bist.«

Ladys und Gentlemen, setzen Sie sich, holen Sie das Popcorn und genießen Sie die Show. Es geht los!

4

Kathy öffnete die Nachricht erneut, als sie die Klinik am späten Nachmittag verließ und sich auf den Nachhauseweg machte. Sie war irritiert und neugierig zugleich. Zunächst sah es nach einem von diesen unzähligen Fake-Dating-Accounts aus, die regelmäßig in ihrem Spam-Ordner landeten. Doch die Nachricht schien authentisch geschrieben und war keine formlose Mail wie üblich mit Floskeln wie: »Dein Traumdate wartet auf dich. Ein Klick und los geht es!« Oder war es doch nur einer von Lissys Späßen? Zutrauen würde sie es ihr, und Kathy musste grinsen. Ein Fake-Account war schnell erstellt. Sie musste es ja wissen, da sie auf diese Art und Weise mal ihrem Exfreund hinterherspioniert hatte, nur um schmerzhaft festzustellen, dass er ohne sie sehr glücklich zu sein schien. Seitdem hatte sie sich von derartigen Accounts getrennt, um ihre Gefühle zu schützen. Es konnte alles Zufall sein, aber sie glaubte daran, dass alles einen bestimmten Grund hatte und nichts einfach so passierte. Karma.

Die Wahrscheinlichkeit, dass sie den *Traumschwiegersohn* kannte und bereits mit ihm im Bett gelandet war, war tatsächlich recht hoch. Doch scheinbar hatte er sich an sie erinnert und wollte sie wiedersehen. Sie wusste nicht, ob sie sich schämen oder freuen sollte. Sein Profilbild war zu klein, um etwas erkennen zu können. Ein gutaussehender Mann, jedoch nichtssagend.

Da sie nicht so recht wusste, ob und was sie auf diese Nachricht antworten sollte, steckte sie ihr Handy ein und nahm sich vor, am Abend bei einem Glas Wein darauf zurückzukommen.

Nach einer ausgiebigen Dusche goss sie sich ein Glas Shiraz ein, trank einen großzügigen Schluck und begab sich in ihr geräumiges Wohnzimmer. Die tiefrote Flüssigkeit entspannte sie. Und sie half ihr, negative Gedanken auszublenden, um nicht dem Wahnsinn zu verfallen, den ihr Beruf mit sich brachte. Die Umstellung von der offenen auf die geschützte Station war radikal.

Bilder von zerfetzten Armen, leeren Augen und zombieartigen Gestalten tauchten vor ihrem inneren Auge auf, und trotzdem bereute sie ihre Entscheidung der Versetzung nicht. Seufzend ließ sie sich auf ihrem königsblauen Ohrensessel nieder, legte die Füße hoch und nahm ihren Laptop zur Hand.

Sie rief ihre Mails auf und widmete sich nun vollkommen Daniel, sofern das sein richtiger Name war, wovon sie erst einmal ausging. Sie spürte die rasche Wirkung des Weines, der sich kribbelnd in ihrem Körper verbreitete und eine wohlige Wärme verursachte. Die Muskeln entspannten sich und die Gedanken wurden paradoxerweise klarer. Simpler. Sie reduzierten sich auf die Grundbedürfnisse herab, wie körperliche Nähe und Geborgenheit. Auf einmal wirkte Daniel verlockend, und Kathy begann, eine Nachricht zu tippen.

Danke für dein Kompliment.
Wer weiß. Vielleicht haben wir uns mal in einer Bar getroffen? Ich kann mich nur leider nicht bewusst erinnern. Aber die Wahrscheinlichkeit ist hoch. :-)

Sie drückte auf »Senden«. Sie hatte nichts zu verlieren, dachte sie sich, denn entweder war es ein Fake-Account oder eventuell doch eine aufrichtig an ihr interessierte Person, mit der sie eventuell schon einmal Sex gehabt hatte und sich lediglich nicht mehr daran erinnern konnte. Alkohol hatte ihr schon so einige Filmrisse beschert, doch bisher waren diese nicht relevant gewesen.

Für Kathy war es ein Spiel. Sie spielte im Netz eine andere Version ihrer selbst und stillte so ihre Bedürfnisse, wenn ihr schon nicht das Glück vergönnt war, in einer glücklichen Real-life-Beziehung zu sein. Sie chattete öfter mit Fremden, flirtete und hatte eventuell Telefonsex mit ihnen. Es war unverbindlich und ungefährlich, solange sie keine Bilder austauschte. Zumindest nicht von ihrem Gesicht. Sie hatte weder Tätowierungen noch auffällige Leberflecken oder Narben, an denen man sie wiedererkennen könnte.

Dieses kurze Gefühl, begehrt zu werden, machte sie hungrig nach mehr. Sie vermutete, dass diese Unterhaltung in eine ähnliche Richtung gehen könnte. Doch sie wusste nicht, dass sie dieses Mal nicht die Spielregeln bestimmte, sondern bereits den ersten Schritt befolgte, den ihr Widersacher geplant hatte.

Später würde sie sich an diesen Moment erinnern und sich wünschen, dass sie niemals auf »Senden« gedrückt hätte.

5

Der Hocker liegt umgestürzt auf dem Boden. Es riecht nach Benzin und Lack. Man will mehr sehen, doch wie in einem Albtraum versagt das Augenlicht, und das Bild flackert. Noch gibt das Unterbewusstsein die Szenen nicht frei.

Die blanke Angst überwiegt.

6

Drei Tage sind vergangen. Ich habe die Nachricht noch an dem Abend gelesen, als du sie abgeschickt hast, aber gibt es nicht so eine Grundregel beim Dating? Dass man eine gewisse Anzahl an Tagen vergehen lassen soll, um interessanter zu wirken? Irgendwie sowas … Ich möchte auf keinen Fall, dass du Verdacht schöpfst. Also richte ich mich nach der gesellschaftlichen Norm.

Doch so gerne ich schon zum Finale vorspulen möchte, halte ich mich an den Plan.

Sind Sie auch so aufgeregt wie ich? Ich kann es kaum abwarten.

Wahrscheinlich denken Sie jetzt, ich sei der irre Psycho. Der Täter. Oh nein! Ich werde Ihnen beweisen, wer hier Täter und wer Opfer ist.

Ich niste mich in dein Leben ein. Unbemerkt, wie eine kleine Spinne in einer dunklen Zimmerecke. Ich bekomme alles mit, aber du wirst mich nicht sehen.

Da ich Zeit genug hatte, um mir eine Antwort auszudenken, schreibe ich ohne zu zögern drauflos und drücke auf »Senden«.

Natürlich ist die Wahrscheinlichkeit hoch, dass wir uns schon einmal gesehen haben, allerdings nicht in einer Bar, wie du wahrscheinlich gerade annimmst. Aber das wirst du noch herausfinden, liebe Katharina Susanne von Bergen.

Susanne war der Name deiner Mutter, nicht wahr? Weiß sie, was für ein böses Mädchen du bist? Ach, stimmt ja … Sie ist tot. Ups.

7

Die junge Frau zupfte fahrig an ihrer Haut in der Ellenbeuge. Ihre Wangen waren eingefallen und blass. Sie hatte kaum ein Wort gesprochen, seit sie hier angekommen war. Der Einzug lag beinahe zwei Wochen zurück.

Kathy wusste selbst nicht, wie sie am besten die Aufmerksamkeit der verstörten Seele bekommen konnte, ohne sie noch mehr zu traumatisieren. Wortlos reichte sie der Frau ein Taschentuch.

»Zerrupfen Sie lieber das hier, anstatt sich selbst zu verletzen«, beantwortete Kathy den fragenden Blick und lächelte ihrer Patientin zu.

Frau Krämer murmelte ein verhaltenes »Danke«.

»Ich würde gerne von Ihnen wissen, ob Sie sich bereits gut eingelebt haben«, versuchte Kathy einen Anfang zu machen.

Die Befragte nickte nur und schaute zu Boden. Der Therapeutin gingen die Fragen aus, beziehungsweise schien keine so recht passend zu sein für einen Umstand wie diesen.

Die Minuten verstrichen, und Kathy befürchtete, dass sie in dieser Stunde keine Erfolge haben würde.

»Ich bin schwanger.«

Kathy war sprachlos.

»Woher wissen Sie … Sind Sie sicher, dass …?«

»Absolut sicher. Ich bin nur noch am Kotzen und ich spüre es einfach. Ich war noch nie schwanger, aber ich habe gehört, dass man es einfach merkt, und das stimmt.«

Frau Krämer wirkte weniger gefasst. Vielmehr apathisch. Aber wer konnte ihr das verübeln?

»Wie kann ich Ihnen helfen?«, fragte Kathy besorgt. Die Tränen standen ihr in den Augen, doch das durfte sie keinesfalls zeigen.

Ihre Dozentin an der Universität hatte damals gesagt: »Empathie? Ja. Mitleid? Nein.« Auch wenn es hart klang, so war dies der Weg zu einem gesunden Patientenumgang. Doch wie so oft waren Theorie und Praxis zwei verschiedene Paar Schuhe.

Die Patientin hatte sich wieder dazu entschlossen zu schweigen und antwortete nur mit Schulterzucken oder Kopfbewegungen. Aus der nonverbalen Konversation hatte Kathy sich einige Dinge zusammenreimen können. Johanna Krämer war Single. Wohnte allein. Hatte scheinbar zu ihren Eltern keinen oder nur einen schlechten Kontakt, da sie auf die Frage, ob sie diese informieren sollten, vehement mit dem Kopf geschüttelt hatte.

Und sie war schwanger. Von einem Vergewaltiger. Von einem Fremden, der sich genommen hatte, was er wollte, um sich für einen vorübergehenden Moment zu befriedigen, sich der Konsequenzen nicht bewusst oder diese waren ihm völlig egal.

Und diese Person lief weiter frei herum, ging ihrem Alltag nach, während das Leben des Opfers von nun an nicht mehr so sein würde wie vorher. Alles würde sich ändern, mal abgesehen von der Schwangerschaft.

Kathy versprach ihr, dass sie alles in ihrer Macht Stehende tun würde, um sie zu unterstützen, bevor die Stunde vorbei war und sie die junge Frau wieder dem tristen Klinikalltag überließ.

Versprich ihr nicht etwas, was du nicht einhalten kannst. Du wirst ihr und dir selbst nur noch mehr wehtun. Wo bleibt die Professionalität? Wenn Papa das mitbekommt, dann …

»Sei still«, sagte Kathy laut. »Ich mach das schon.«

8

Es ist dunkel. So dunkel. Wie ein Flackern tauchen Bilder vor ihrem Auge auf. Bilder, die zu schnell vorbeiziehen, als dass sie sie zuordnen könnte. Sie weiß nur, dass sie Angst hat. Angst, wie sie sie vorher noch nie verspürt hat. Ihr ist kalt und sie will schreien. Aber ihrem Mund entweichen nur klägliche Laute. Sie kann nicht atmen. Sie braucht Luft, sonst wird sie ersticken …

Kathy erwachte schweißgebadet und aufrecht sitzend, wie so oft in letzter Zeit. Sie keuchte und griff sich an den Hals. Doch als ihr mehr und mehr bewusst wurde, dass sie nur geträumt hatte, regulierte sich ihre Atmung. Der hohe Puls blieb.

Die Träume traten immer häufiger auf, gefolgt von diesem Gefühl der blanken Angst. Mit zittrigen Beinen schwang sie sich aus dem Bett und wackelte ins Bad, um sich eine Beruhigungstablette zu holen, die sie sich aus der Klinik mitgenommen hatte, ohne dass es jemand bemerkt hatte. Nur Betäubungsmittel wurden auf Bestand geprüft, und dieses Medikament unterlag nicht dem Betäubungsmittelgesetz.

»Stell dich nicht so an«, schimpfte sie ihr blasses Spiegelbild. »Das sind nur Träume. Sie haben nichts zu bedeuten.«

Doch zugleich wusste sie, dass es immer eine Ursache für derlei Symptomatik gab. Das hatte sie im Studium gelernt. Wahrscheinlich hatte ihr Vater recht gehabt und sie war zu emotional für den harten Job. Sie nahm die Arbeit mit nach Hause und konnte nicht abschalten. Die Geschichte der jungen Patientin, die vergewaltigt worden war, nahm sie mehr mit als erwartet.

Sie spürte Anspannung im ganzen Körper und merkte erst jetzt, dass sie die Schultern fast bis zu den Ohren angezogen hatte.

Sie wusste auch nicht, warum die Träume wieder angefangen hatten. Womöglich sollte sie sich Hilfe suchen. Bei dem Gedanken musste sie paradoxerweise fast schmunzeln. Jetzt brauchte sie einen Therapeuten, um dem Druck standzuhalten, den ihr Beruf als Therapeutin mit sich brachte? Lächerlich.

In diesem Moment vermisste sie ihre Mutter mehr als jemals zuvor. Diese hätte ihr jetzt liebevoll die Hand gehalten und ihr ein Schlaflied gesungen. Ihre Mutter hatte immer Wärme und Liebe ausgestrahlt. Als sie verstarb, war diese Wärme fort gewesen und eine Kälte war in ihr Leben eingezogen. Sie fühlte sich beobachtet von leeren Wänden, einsam und allein.

Nachdem sie sich mit kaltem Wasser den Schweiß abgewaschen hatte, zog sie sich den flauschigen Morgenmantel über und öffnete die Tür zu dem Balkon, der an ihr Schlafzimmer grenzte. Sie zündete sich eine Zigarette an, die sie tief in der Kommode versteckt hatte, und sog das Nikotin gierig in sich auf. Zusammen mit der Tablette spürte sie, dass sich ihr Körper langsam entspannte. Sie ließ ihre Schultern kreisen und atmete tief ein und doppelt so lange aus. Atemübungen. Ja, lehren konnte sie gut. Aber die selbst erteilten Ratschläge selbst umsetzen? Das fiel ihr schwer.

Sie tippte auf das Display ihres Handys und wollte nur nach der Uhrzeit sehen, als sie die neue Mail bemerkte. *Daniel.*

Da sie drei Tage nichts von ihm gehört hatte, hatte sie angenommen, dass sie keine Antwort mehr bekommen würde. Das war nicht ungewöhnlich beim Online-Dating.

Und nun meldete er sich. Nachts um 3:12 Uhr. Genau in dem Moment, wo sie sich so einsam fühlte. Schicksal oder Zufall? Egal.

In ihrem Magen verspürte sie den Flügelschlag eines Schmetterlings.

Du kennst dich also aus in der Bar-Szene? Ich glaube, eine Frau wie dich würde ich nicht vergessen, aber wenn man ein paar Getränke intus hat, dann verschwimmt schon mal so manches. ;-)
Deswegen möchte ich die Chance jetzt ergreifen.
Ich würde mich freuen, dich näher kennenzulernen.

Daniel

Ein Lächeln fand seinen Weg zurück in Kathys müdes Gesicht. Sie genoss diese ersten vorsichtigen Nachrichten beim Kennenlernen, wenn man sich beschnupperte und näherkam.

Sie konnte auch noch in der Zukunft über ihre Probleme nachdenken und jetzt erst mal den Moment genießen. Das Leben war kurz, oder eher die Nacht, wenn sie auf die Uhr blickte.

Das Universum wollte wohl, dass wir uns finden? ;-) Ob wir uns schon gesehen ha-

```
ben oder nicht, ist daher nicht ganz so
relevant.
Definiere mal »eine Frau wie dich«. ;-)
Gute Nacht.
```

Kathy war zu high, wobei sie nicht genau sagen konnte, ob das Gefühl von der Tablette herrührte, die stärker wirkte, als sie angenommen hatte oder von der ihr geschenkten Aufmerksamkeit durch Daniel. Dem Unbekannten. Dem Romantiker.

Und irgendwie freute sie sich jetzt schon auf seine Antwort. Müde ließ sie sich in ihre weichen Kissen zurückfallen und bald darauf fiel sie in einen traumlosen Schlaf.

9

Eine Frau wie dich? EINE FRAU WIE DICH? Eine selbstgefällige Schlampe, die über Leichen geht? Eine kranke Seele? Eine oberflächliche *Bitch,* die sich durch die Nachtszene vögelt? Wo soll ich anfangen und wo aufhören? Sag es mir. Das Spektrum an Perversion ist einfach zu umfangreich.

Es gibt Momente, in denen ich mich tatsächlich frage, ob ich diesen Plan durchziehen kann. Ob ich dich wirklich vernichten kann oder bei dem Versuch selbst kaputt gehe. Das ist ein Wagnis, was ich eingehen muss. Trotzdem verfluche ich mich selbst, dass ich meine Pillen vorgestern übereilt in der Toilette heruntergespült habe. So eine leichte Dröhnung wäre jetzt nicht schlecht, aber ich brauche einen klaren Kopf. Ich muss mich an den Plan halten, den ich auf Koks und Amphetamine geschmiedet habe. Eigentlich war es nur ein Hirngespinst gewesen, welches ich am nächsten Tag auf einem alten Pizzakarton niedergeschrieben vorfand. Meine Handschrift.

Zunächst hatte ich den Karton in den Müll geworfen, doch je länger ich darüber nachdachte, machte alles Sinn. Mein Leben machte plötzlich Sinn. Endlich hatte ich eine Aufgabe gefunden. Eine Mission.

Ich nehme einen Pfeil und werfe ihn mit präziser Gewalt zielgerichtet auf dein Gesicht. Ein Schnappschuss, den ich aus den Büschen vor deinem Haus heraus habe aufnehmen können. Da standest du an einem verregneten Tag am Fenster und schautest verträumt in die Ferne. Du fühltest dich unbeobachtet. Die Illusion von Sicherheit.

Das Polaroid ist ein wenig in Mitleidenschaft geraten durch die vielen Versuche meinerseits, ins Schwarze zu treffen. Deine Stirn. Deinen ekelhaften Denkapparat. Der Ursprung der alles entscheidenden Lüge.

Mittlerweile bin ich schon sehr gut darin geworden, und zwischen deinen Augen klafft ein riesiges schwarzes Loch.

10

Damals

Kathy wanderte durch die leeren Flure des großen Gebäudes, welches sie ihr Zuhause nannte. Es war ein renoviertes Landhaus, mit an den Boden grenzenden Fenstern, hellen Fluren und geräumigen Zimmern. Sie wusste, dass Mama nicht mehr da war, aber so ganz verstand sie nicht, wo sie hingegangen war. Die anderen sagten, sie sei nun im Himmel und blicke auf sie herab. Aber jedes Mal, wenn sie nach oben schaute, konnte sie sie nicht sehen. Und sie verstand auch gar nicht, wie Mama da oben sein konnte, wenn sie doch in einer großen Holzkiste im Boden lag. Sie hatte selbst gesehen, wie die Männer sie runtergelassen hatten. Die Männer in den komischen Anzügen. Alles war so dunkel gewesen.

Papa arbeitete. Er tat dies noch viel mehr in letzter Zeit und sie sah ihn kaum noch. Aber dafür war Tante Maya oft da. Mamas Schwester. Sie war lustig, und Kathy mochte sie sehr. An den meisten Tagen war sie bei Oma und Opa. Sie unternahmen viel, und Oma hatte immer besondere Süßigkeiten, die sie ihr im Haus versteckte und daraus ein spannendes Suchspiel machte.

Es war so still in diesem Haus. Kathy fühlte sich einsam. Sie wollte weinen, aber irgendwie schienen alle Tränen bereits aufgebraucht. Sie blieb vor einem Bild stehen, dass ihre Mama gemalt hatte. Es war ein bunter Blumenstrauß. Kathy hatte sie gepflückt.

»Halt still, Kleines. Ich will sie zeichnen.« Sie konnte sich erinnern, wie sehr sie sich bemüht hatte, sich kein Stück zu bewegen.

»Mama, warum hast du keine Haare mehr?«, fragte Kathy eines Tages, und ihre Mutter hatte daraufhin die Mundwinkel ein wenig angehoben. Sie sah so anders aus. Selbst das Lächeln fiel ihr schwer. Doch eine Antwort hatte sie nicht bekommen.

»Mama ist krank«, hatte Oma öfter gesagt. Aber Mama hatte weder gehustet noch irgendeine andere Krankheit gehabt, die Kathy kannte. Masern zum Beispiel. Das war eine sehr schlimme Krankheit gewesen, daran erinnerte sie sich noch gut, da diese Erkrankung nicht weit bei ihr zurücklag. Aber Mama hatte auch keine roten Punkte gehabt. Nur keine Haare mehr. Und sie war sehr schwach. Aber lächeln konnte sie immer noch. Bis zum Schluss.

»Papa, was hat Mama für eine Krankheit?«, hatte sie ihn eines Abends gefragt, als sie beim Abendessen zu zweit an der viel zu großen Tafel saßen, an der eine ganze Gesellschaft Platz gehabt hätte. Früher hatten sie oft Besuch gehabt. Verwandte, Freunde, deren Kinder.

Er hatte sie nur müde angesehen und gesagt: »Das kann ich dir nicht erklären, Kathy, dafür bist du noch zu klein.«

»Aber Mama wird wieder gesund?«

»Das hoffe ich sehr.« Er klang müde.

Sie hatte Atem geholt und wollte zu einer neuen Frage ansetzen, aber sein ernster Blick ließ sie verstummen.

Kathy holte einen Stuhl herbei, stellte sich darauf und nahm das Bild von der Wand, wobei sie beinahe das Gleichgewicht verlor. Ihr Eigengewicht war zu gering für den Kraftaufwand.

Sie hielt die Leinwand in der Hand und betrachtete eingehend die bunten Farbkleckse, die von nahem so gar keinen Sinn ergaben.

Sie nahm das Bild mit auf ihr Zimmer und stellte es auf den Nachttisch. So war Mama ein wenig näher bei ihr. Näher als Papa auf jeden Fall.

Sie vermisste sie so sehr.

Wo bist du, Mama? Ich will bei dir sein.

11

Wieder war eine Woche wie im Flug vergangen. Voll anregendem Austausch mit Tim, tragischem Schweigen der jungen Schwangeren, Diskussionen mit Kollegen, Teamsitzungen und noch mehr Therapiestunden. Ihr Kopf brummte.

Es folgte ein Wochenende, an dem Kathy sich in eine Bar flüchtete, trank und sich am nächsten Morgen in einem fremden Bett vorfand. Sie verschwand, noch bevor der ihr unbekannte Mann erwachte. Sie verspürte den Drang, sich umgehend zu duschen und den Gestank von Zigaretten und Alkohol wegzuspülen, gemeinsam mit der Scham, ihre Intimität wieder einmal einfach verschenkt zu haben. An die letzten zwölf Stunden konnte sie sich gar nicht mehr erinnern, aber der Gedanke, dass dieser Fremde sie angefasst hatte, war ihr plötzlich zuwider. Das Momentum im Rausch war beflügelnd, aber der Nachgeschmack so bitter und fahl. Nicht einmal der billigste Wein konnte diesen Effekt nachahmen.

Sie musste mit diesem Lebensstil aufhören, bevor dieser sie konsumierte. Die wenigen Stunden, die sie im Rausch verbrachte, wurden durch die darauf folgenden Kopfschmerzen und das Ekelgefühl schnell überschattet. Trotzdem stürzte sie sich beinahe jedes Wochenende in den gleichen Sog aus Lust und oberflächlichen Unterhaltungen.

Der Dialog war nahezu immer der gleiche.

»Wie geht's dir?«

»Gut.«

»Was machst du denn heute noch?«

»Nichts Besonderes.«

»Willst du mit zu mir kommen? Ich wohne gleich um die Ecke.«

»Gerne.«

Ablenkung. Alles war besser, als allein zu Hause zu sitzen und über das Leben nachzudenken. Über ihr Leben. Die Einsamkeit nagte an ihr. Fraß sie von innen auf. Hinterließ eine klaffende Wunde, die nicht mehr zu heilen schien. Nichts konnte diese Leere füllen. *Außer Mama.*

Aber der Krebs hatte sie erbarmungslos dahingerafft, sich einfach genommen, ohne danach zu fragen, welche Lücke dieser Mensch hinterlassen würde. Kathy nahm sich vor, das Grab in Kürze aufzusuchen. Es fiel ihr immer schwer, dort zu sein. Sie hatte irgendwann begriffen, dass ihre Mutter tatsächlich in dieser Kiste lag. Drei Meter unter der Erde. Im kalten und nassen Grab. Einsam. Der Verwesung ausgesetzt.

Es war Sonntag. Und ihr blieb noch ein verregneter Nachmittag und Abend, an dem sie früher ins Bett gehen und ihren Rausch ausschlafen oder sich mit einem kleinen Schluck Wein vor den Fernseher setzen konnte. Sie entschied sich für Letzteres. Merlot.

Was auch sonst?

Während die monotone Stimme des Erzählers eines Dokumentarfilmes über einen Londoner Serienkiller auf sie einprasselte, plante sie im Geiste den morgigen Tag, ging die Termine durch, die anstanden, und stellte sich mögliche Gesprächsverläufe mit den einzelnen Patienten vor, um wenigstens halbwegs vorbereitet zu sein.

Ihr Handy vibrierte. Eine neue Mail war eingegangen. Daniel. Sie hatte erwartet, dass er schneller antworten würde. Ihre letzte Nachricht, die sie im Medikamentenrausch an ihn geschickt hatte, war bereits vier Tage her.

Fast ein wenig genervt entsperrte sie ihr Handy und öffnete die Mail. Dann nahm sie noch einen großen Schluck Wein und begann zu lesen:

Eine Frau wie dich? Wo soll ich beginnen und wo aufhören? ;-)
Es hat einige Tage gebraucht, um die richtigen Worte zu finden, wie du siehst. Gut, ich kann nur das beurteilen, was ich auf deinen Bildern sehe.
Du bist eine außergewöhnlich schöne Frau. Ich mag es, wie deine Augen noch grüner erscheinen, wenn die Sonne sich darin spiegelt. Sie verzaubern mich. Dein Lächeln dringt bis in die tiefsten Ecken meines Herzens, aber trotzdem werde ich das Gefühl nicht los, dass du mehr zu erzählen hast. Du faszinierst mich auf eine besondere Art und Weise.

»Die Wahrheit ist vorhanden für den Weisen, die Schönheit nur für ein fühlendes Herz.« Friedrich Schiller

Dieses Zitat habe ich für dich herausgesucht. Ich bin ein fühlendes Herz. Eine einsame Seele auf der Suche nach

Nähe und Geborgenheit. Und irgendwie habe ich das Bauchgefühl, dass es dir ähnlich ergehen könnte. Lass es mich wissen. :-)

Dein Daniel

DEIN Daniel. Eine wohlige Wärme machte sich in ihrem Innern breit, und das lag nicht nur am alkoholischen Getränk, von dem sie mittlerweile doch schon mehr Gläser intus hatte, als ursprünglich geplant.

Sie begann zu tippen. Gedankenlos. Frei.

Wollen wir vielleicht Nummern tauschen? Ich war zunächst skeptisch, ob du überhaupt eine reale Person bist, aber du überzeugst mich mit jeder Nachricht mehr davon. Jemand, der solche Zeilen schreibt, hat meine Aufmerksamkeit verdient, wenn nicht sogar meinen Respekt. ;)
Übrigens hatte ich Deutsch-Leistungskurs im Abitur und bin erstaunt über deine Liebe zur deutschen Literatur. Meiner Ansicht nach stirbt diese leider aus.
Ich bin gespannt auf dich.

Gesendet.

Grinsend legte sie ihr Handy beiseite und widmete sich dem letzten Schluck in ihrem Glas. Die Flasche war halbleer. Sie musste morgen wohl noch mal Nachschub kaufen gehen. Ihr Vorrat war mittlerweile aufgebraucht.

Vibration. Eine neue Nachricht. Daniel. Er war also auch noch wach? Wenn es so etwas wie Schicksal gab, dann begann sie beinahe, daran zu glauben. Sie, die Rationale.

Sie öffnete die Nachricht. Ein Wort. Oder vielmehr aneinandergereihte Zahlen. Seine Handynummer.

Sie speicherte sie unter seinem Namen ein und schrieb ihm umgehend eine SMS.

Hallo Daniel, vielen Dank für dein Vertrauen, mir deine Nummer zu geben. Ich freue mich, dich kennenzulernen. :-) Prost.

Sie sendete ihm ein Bild von ihrem Weinglas.

Daniel schreibt …

Hallo, die Dame :-) Ja, ich bin eine reale Person. Mein Name ist wirklich Daniel. Es gibt tatsächlich auch noch gescheite Menschen im Internet, wenn ich mich mal als solcher bezeichnen darf. Was trinkst du denn gerade? :-)

Hey Daniel (schöner Name) :-) Ich habe hier noch einen letzten Schluck Merlot, bevor ich schlafen gehe.

Daniel schreibt …

Na, dann werde ich mir auch noch eine

Flasche öffnen und wir stoßen virtuell an. :-) Was machst du denn gerade so?

Ich schaue fern, trinke Wein, langweile mich ein bisschen, um ehrlich zu sein. Also hast du (mal wieder) genau zur richtigen Zeit geschrieben. :-)

Daniel schreibt …

Mal wieder? ;-)

Im Anhang fand sich eine Bilddatei. Darauf zu erkennen war eine Hand, die ein mit gold-gelber Flüssigkeit gefülltes Weinglas in die Kamera hielt.

Ach, ich hatte neulich einen eher unschönen Abend und da kam gerade deine Nachricht herein (#einefrauwiedich) … :-)

Daniel schreibt …

Freut mich, dass ich dir bereits ein wenig helfen konnte, ohne es zu ahnen. Mein Lebensmotto ist, jeden Tag einen Menschen zum Lächeln zu bringen. :-)

Das hast du bereits geschafft. :-)

Sie flanierten durch verschiedenste Themen, schrieben über Gott und die Welt, und ehe Kathy sich versah, war es nach

Mitternacht. Der erholsame Schlaf, den ihr Körper dringend gebraucht hätte, war also auch dahin. Trotzdem schlief sie mit einem Lächeln auf der Couch ein. Auf dem Teppich lag das leere Weinglas, welches ihr beim Einschlafen aus der Hand gefallen war.

12

Meine Güte, du muss echt verzweifelt sein. So schnell wie du angebissen hast, kann ich meinen nächsten Schritt womöglich schneller umsetzen, als ursprünglich geplant.

Ich grinse und trinke einen Schluck Weißwein. Du überzeugst mich immer mehr von den Vorzügen des Rebstockes.

Danke, Kathy, danke für deine Compliance. Ich ziehe meinen imaginären Hut vor deinem Foto.

»Danke, dass du so gut mitspielst«, sage ich laut.

Ich habe den Chat tatsächlich genossen, weil du mir mit jeder Nachricht wieder Fakten bestätigst, die ich bis dahin zwar vermutet habe, aber nicht zu hundert Prozent sicher wusste.

Dass du deutsche Klassik tatsächlich magst, war ein Ratespiel gewesen, da einige Werke in deinem üppig bestückten Wohnzimmerregal stehen, welches ich mit dem Fernglas begutachtet habe. Allerdings scheinst du mir weniger die Leseratte zu sein.

Noch dazu bist du auf mehreren Social Media-Accounts alter Klassenkameraden mit dem Hashtag *Abi* und *DeutschLK* verlinkt. 1+1=2. Und du bevorzugst Rotwein. Ich habe dich bisher noch nie etwas anderes trinken sehen. So viel dazu.

Dass du einsam bist, habe ich gar nicht direkt fragen müssen. Das trieft auch so schon wie flüssiger Honig durch die Zeilen direkt in meinen wissbegierigen Mund. Mich wundert es, dass du keine Katze oder dergleichen hast. Das würde passen. Die alte verbitterte Katzenlady. Was nicht ist, kann ja noch werden.

Du bietest so viel Angriffsfläche. Aber ich bin nicht hier, um dir eine Lektion im Umgang mit Fremden im Internet zu erteilen, denn wenn ich mit dir fertig bin, brauchst du niemanden mehr, außer vielleicht einen Psychiater oder direkt einen Bestatter.

Ich werde auf deine Beerdigung gehen, wobei ich dich viel lieber in der Psychiatrie besuchen wollen würde, wo du langsam verrottest und jeden Tag neu realisieren musst, dass ich dich von Anfang bis Ende ausgetrickst habe. Der perfekte Horrorfilm.

Das Gefühl der Macht erregt mich so sehr, dass ich mich sofort selbst befriedige, während ich deine fast zerstochenen Augen dabei nicht aus dem Blickfeld verliere.

Bitte verurteilen Sie mich nicht für meine Bedürfnisse.

13

Kathy schloss gerade ihr Büro ab, als Lissy anrief. Sie nahm ab, während sie versuchte einer Reinigungskraft auszuweichen, die mit ihrem Mopp schwungvoll über den Boden wischte und dabei eine nasse Pfütze hinterließ. Und wo bitte stand das Warnschild? Egal. Sie hatte es eilig.

»Wo bleibst du denn?«, schrie sie. Sie schien sich in einer Menschenmenge aufzuhalten, bei dem Lärm, der durch das Telefon drang.

»Ich bin auf dem Weg, der letzte Termin hat sich ein wenig in die Länge gezogen.«

Frau Krämer war die letzte Patientin gewesen, die sich erstaunlich gut entwickelte für ihre tragischen Lebensumstände. Sie wirkte nahezu gefasst und strukturiert. Jedoch weigerte sie sich immer noch, mit ihren Eltern darüber zu sprechen. Die junge Frau war selbst fast noch ein Kind.

»Beeil dich, Süße, ich habe schon mal eine Flasche Champagner kaltstellen lassen und wenn du noch was davon haben willst, musst du sofort herkommen.« Sie lachte und blies dem Geräusch nach den Rauch einer Zigarette aus. Kathy verspürte direkt den Drang nach Nikotin, normalerweise rauchte sie ausschließlich zu Hause, wo niemand es mitbekam. Ihr Vater wäre entsetzt, wenn er das wüsste. Vor allem, da seine geliebte Frau an Lungenkrebs gestorben war.

Doch seit ein paar Wochen hatte Kathy heimlich eine Schachtel in ihrer Tasche versteckt und stahl sich in ihren Pausen gelegentlich in einen versteckten Winkel zwischen den kleineren Häusern auf dem Gelände, um ihrer beginnenden Sucht nachzugehen.

»Aber nur, weil du es bist.« Lissy drückte einen Kuss ins Telefon und legte auf.

Keine zehn Minuten später erreichte sie das Restaurant, welches etwa mittig zwischen Lissys und ihrer Arbeitsstelle lag und dem luxuriösen Standard entsprach, den Lissy bevorzugte und ihrer Meinung nach verdiente. Kaviar, Champagner, norwegischer Lachs, gut aussehende Kellner, die sie mit einem überzogenen Trinkgeld an ihrem Erfolg und Reichtum teilhaben ließ. Sie hatte nicht umsonst studiert, sagte sie immer wieder. Lissy war Rechtsanwältin in einer angesehenen Kanzlei, verdiente deutlich mehr als Kathy, und machte ihr daher immer überteuerte Geschenke zu allen erdenklichen Anlässen. Geburtstage, Feiertage, Freundschaftsjubiläen oder auch einfach nur, wenn ihr der Sinn danach stand. Und meistens übernahm sie auch die Rechnungen, wenn sie auswärts aßen, da sie wusste, dass es nicht unbedingt in Kathys Preisklasse lag. Sie wollte nicht einem Wohltätigkeitszweck zum Opfer fallen und hatte ihrer Freundin dies auch schon mehr oder weniger besorgt mitgeteilt, doch diese versicherte ihr immer wieder, dass sie das gerne mache.

Sie wartete bereits ungeduldig mit dem Fuß wippend am Tisch. Als sie Kathy erblickte, goss sie umgehend zwei Gläser mit der golden schimmernden Flüssigkeit ein und reichte ihr ein Glas.

»Prost, meine Liebe«, sagte sie feierlich, und etwas schwang in dieser Aussage mit. Neben dem Appell zu trinken, lag noch eine andere Sache, die Kathy nicht zuordnen konnte.

»Danke.« Kathy nahm das Glas entgegen, sie stießen an und tranken beide einen großzügigen Schluck.

Sie ließ sich auf dem Samtsessel nieder und studierte eingehend die Speisekarte, während Lissy sich über ihren stressigen Arbeitstag ausließ.

» … Dieser Mistkerl von Strafverteidiger. Ich verstehe nicht, wie man nachts ruhig schlafen kann, wenn man ein derartiges Arschloch verteidigt. Die Beweislage ist so deutlich und trotzdem behauptet er, dass …«

Kathy zuckte unwillkürlich zusammen und ließ die Speisekarte sinken. Sie wusste selbst nicht, was heute mit ihr los war. Normalerweise regte sie sich zusammen mit Lissy über Leute auf, die sie nicht kannte, sich jedoch ein Urteil erlaubte, doch heute konnte sie nicht einmal dem Wortlaut folgen. Sie war angespannt und gestresst.

»Ich glaube, ich nehme die Garnelen in Knoblauchsoße«, sagte sie geistesabwesend.

»Alles in Ordnung, Süße?«, fragte Lissy geradezu besorgt.

»Was? Ja … ja, alles in Ordnung. Ich bin ein bisschen müde und ich habe gerade ein paar extremere Fälle auf der Arbeit.«

»Ich bewundere dich, dass du dir den ganzen Tag diese Probleme von den Irren anhören musst und es trotzdem noch schaffst, dein Leben so gut auf die Reihe zu kriegen. Ich könnte das nicht.«

»Das sind keine Irren! Das sind ernsthaft erkrankte oder psychisch fremdgeschädigte Menschen.« Kathy hatte es manchmal satt, dass Lissy sich stets ein wenig abfällig über ihre Arbeit ausließ, sie konnte bloß froh sein, dass ihr noch nichts dergleichen zugestoßen war.

»Verstehe. Was gibt's Neues bei dir?«, lenkte Lissy ab, während sie sich noch einen Schluck gönnte.

Kathy wollte gerade antworten, als eine weibliche Bedienung kam, um die Bestellung aufzunehmen. Diese wirkte fast noch minderjährig und hatte Mühe, die Essens- und Getränkewünsche zeitnah in ihr mobiles Gerät zu tippen, ohne es fallen zu lassen.

Als sie wieder verschwand, lehnte Kathy sich zurück.

»Ich glaube, ich lerne gerade jemanden kennen«, sagte sie mit einem Grinsen.

Lissys Augen weiteten sich vor Neugierde. »Wie sieht er aus? Was macht er so?«, fragte sie quirlig.

Kathy lachte. »Also ich habe ihn noch nicht gesehen …«

»Nein, warte! Lernst du ihn etwa über das Internet kennen?«, fragte Lissy in gespieltem Sarkasmus und stupste sie neckend in die Seite.

»Tatsächlich ja. Ich habe es auch nicht für möglich gehalten, aber noch ist überhaupt nichts spruchreif.«

»Erzähl«, Lissy beugte sich nach vorne, legte ihren Kopf schief und sah dabei fast kindlich aus.

»Er heißt Daniel, ist zwei Jahre älter als ich. Er arbeitet als IT-Berater. Er meint mich irgendwoher zu kennen. Mehr gibt es eigentlich noch nicht zu erzählen.«

Lissy wirkte beinahe enttäuscht.

»Wo bleiben die schmutzigen Details?«, fragte sie verschmitzt. »Und wie kommt es, dass er dich *vielleicht* schon kennt?«

Kathy lachte wieder und setzte das Glas an ihre Lippen, um sich eine passende Antwort zu überlegen. Sie wusste, dass Lissy noch ungeduldiger war als sie selbst und das bereitete ihr Vergnügen.

»Es könnte tatsächlich sein, dass ich schon mal mit ihm im Bett war, aber ich weiß es nicht mehr.«

Lissy prustete los und hielt sich die Hand vor den Mund, um nicht laut zu lachen.

»Wie das denn? Warst du zu dicht, oder was? Ach Süße, das ist deine wahre Liebe, ich spüre das.« Kathy war sich nicht sicher, ob Lissy sich über sie lustig machte oder tatsächlich so naiv und romantisch veranlagt war. Sie entschied sich hoffnungsvoll für Letzteres.

»Wer weiß«, sagte Lissy, »vielleicht können wir dann nächstes Jahr eine Doppelhochzeit feiern …«

Das war die Sache gewesen, die in der Luft gelegen hatte.

Kathy fiel die Kinnlade herunter. »Er hat dich endlich gefragt?«

Lissy präsentierte stolz ihren Ring, den Kathy erst jetzt bemerkte, obwohl dessen Funkeln sie beinahe blendete und sie sich fragte, wie sie ihn bisher übersehen konnte.

Oder wolltest du ihn nicht sehen?

»Oh mein Gott, ich freue mich so sehr für euch!« Sie hoffte, dass ihre Freundin ihr die Aussage abkaufte, stand auf und nahm die frisch Verlobte fest in den Arm.

Jetzt ist Lissy auch noch weg und du wirst ganz allein sein.

Aus Höflichkeit fragte sie natürlich, wie und wo der Antrag stattgefunden hatte, und lauschte dem Bericht von roten Rosen, Kniefall bis zu einem gehauchten »Ja« und dem anschließenden Ring anstecken, während sie ihren restlichen Champagner in einem Zug leerte und immer wieder bestätigend nickte.

Bitte sag nicht Paris. Bitte sag nicht Paris. Bitte sag nicht …

» … und das alles vor dem Eiffelturm.«

Jap. Alles klar. Wirst du nie haben. Wann hatte Lissy die Zeit gefunden, nach Paris zu fliegen?

Die Stimme in ihr wurde immer lauter und gemeiner.

Was hast du denn gedacht? Dass du deinen Traumprinzen finden und für alle Ewigkeit glücklich und zufrieden sein wirst? So naiv kann man doch gar nicht sein. Wer will dich denn? Sei mal ehrlich zu dir, würdest du DICH wollen?

»Alles in Ordnung?«, fragte Lissy nun ernsthaft besorgt.

»Ja … ja, das sind alles nur sehr überwältigende Neuigkeiten.« Sie setzte ihr überzeugendstes Lächeln auf, als die Bedienung genau im richtigen Moment das Essen servierte und sie sich erst einmal den in Knoblauch eingelegten Garnelen widmen konnte.

Kathy nahm sich fest vor, sich demnächst einmal genauer mit sich auseinanderzusetzen und eventuelle Veränderungen in ihrem Alltag vorzunehmen. Doch zunächst schob sie den Gedanken weit von sich und schenkte ihrer Freundin und sich noch ein Glas Champagner ein, um auf das freudige Ereignis anzustoßen.

Sie wusste allerdings selbst, dass *demnächst* ein sehr dehnbarer Begriff war und es sie große Selbstdisziplin kosten würde, es tatsächlich zu tun.

»Und natürlich möchte ich, dass du meine Trauzeugin bist.«

Kathy stieß einen freudigen Schrei aus. Sie fühlte sich aufrichtig geehrt. Lissy hatte einige Freundinnen mit Rang und Namen, Geld und Status. Und ausgerechnet sie wurde auserkoren, Trauzeugin zu sein.

Vermassel es nicht. Das ist eine einmalige Chance zu zeigen, dass du mehr bist als nur eine kleine Therapeutin im Schatten ihres Vaters.

Sie vertrieb die autoaggressiven Gedanken. Wusste sie doch, dass das nur ihr fehlendes Selbstbewusstsein war, was sich immer wieder erlaubte, das Steuer zu übernehmen.

»Darf ich mir mein Kleid wenigstens selbst aussuchen?«, grinste Kathy. Sie hatte genug Filme gesehen, in denen die Brautjungfern die hässlichsten Kleider hatten anziehen müssen, damit sie der Braut nicht die Show stahlen.

»Keine Sorge, du wirst wunderschön aussehen, in dem was *ich* aussuchen werde. Und wenn es mit deinem Typen nicht läuft, dann kann ich dich auch gerne mal meinem Bruder vorstellen …« Lissy würde wohl erst aufgeben, wenn Kathy unter der Haube war.

»Ich lass es dich wissen«, versprach Kathy grinsend.

14

Hocker. Benzin. Lack.

Und diesmal noch ein weiteres Fragment.

Mit jedem Zwinkern offenbart sich ein neues Detail des Albtraumes. Ein Stück Papier. Da steht etwas, aber die Buchstaben verschwimmen. Das Bild flackert.

Es wird wieder schwarz.

15

Professor Dr. Kerth begutachtete sie eingehend über ihre dicke rote Lesebrille hinweg, während Kathy nervös auf ihrem Stuhl hin- und herrutschte.

Die Ärztin sah eher aus, als würde sie in einem nach Räucherstäbchen duftenden Hinterzimmer Tarot-Karten legen. Sie hüllte ihre Figur in weite farbenprächtige Leinenkleider und trug ihr langes welliges Haar offen. Der verblasste Braunton wurde unterbrochen von dicken Silberstreifen. Es gab nicht viele Menschen, denen Grau stand, aber dieser Frau verlieh es eine eigene Art von Eleganz.

Anders als in Kathys Behandlungszimmer gab es hier nur die Wahl zwischen einem Stuhl mit und einem Stuhl ohne Armlehnen.

Überhaupt war der Raum sehr schlicht gehalten. Es gab kaum etwas, was einen ablenken konnte, daher konzentrierte sie sich auf die orientalischen Muster im Teppich.

Es war seltsam für Kathy, auf der »anderen Seite« zu sitzen. Sie fühlte sich ausgeliefert und nackt, dabei hatte sie sich selbst Hilfe gesucht, primär wegen der Albträume, die sie sich nicht wirklich erklären konnte. Sie hatte Episoden in ihrem Leben gehabt, in denen diese häufig aufgetreten waren, aber das lag nun schon einige Jahre zurück.

Sekundär war sie hier wegen der plagenden Selbstzweifel und der Einsamkeit, wobei sie infrage stellte, dass sie in einer Gesprächstherapie den Mann fürs Leben fand. Es konnte allerdings nicht schaden, mit jemandem zu reden, und Frau Dr. Kerth war eine erfahrene Psychiaterin im Bereich der Tiefenpsychologie. Es war zumindest eine bessere Variante, als sich zu Hause mit sich selbst zu unterhalten oder zu betrinken.

Der Ruf eilte der Ärztin weit voraus. Kathy hatte im Studium sogar schon mal einen Vortrag von ihr über Verhaltensstörungen bei Kindern besucht. Noch dazu lag ihre Praxis am Rande der Stadt in einem ländlichen Vorort, sodass Kathy sich sicher sein konnte, dass niemand sie hier ein- und ausgehen sah. Im selben Moment fragte sie sich, wofür sie sich eigentlich schämte. Es war keine Schande, anzuerkennen, dass man manche Dinge nicht allein tragen konnte. Es war vielmehr traurig, dass sie sich keinem anvertrauen wollte und konnte. Lissy war ihre beste Freundin und wusste zwar nahezu alles von ihr, aber eben nicht alles. Und ihr eigener Vater war ihr innerlich zu fremd, als dass sie mit ihm über derartige Themen hätte reden können. Nicht nach all der Zeit.

Mama. Ja, der hätte ich es erzählt.

»Sie sehen aus, als müssten Sie etwas loswerden?«

Verdammt, dieser Frau kann man nichts vormachen.

»Die Arbeit ist ein wenig stressig …«

Bla, bla, bla.

Dr. Kerth nickte nur wenig beeindruckt und wartete. Die Hände gefaltet. Geduldig. Nahezu mütterlich.

Vielleicht sollte sie sich einfach vorstellen, sie säße ihrer Mutter gegenüber, dann könnte sie sich womöglich besser öffnen.

»Meine beste Freundin hat sich verlobt … ich sollte mich eigentlich freuen, aber irgendwie fühle ich mich nur noch einsamer als zuvor.«

»Wie gehen Sie mit diesem Gefühl um?«

Kathy blickte beschämt zu Boden und weil sie ihre Therapeutin ohnehin nicht an der Nase herumführen konnte, beschloss sie, die Wahrheit in geringen Dosierungen herauszulassen.

»Ich lenke mich ab.«

Dr. Kerth wirkte nicht sonderlich geschockt. Wie alt mochte die Frau wohl sein. Mitte Fünfzig? Sechzig? Sie hatte wahrscheinlich schon Schlimmeres gehört und gesehen. In diesem Moment verspürte sie den Drang, einfach aufzustehen und zu gehen. Sie hatte das Gefühl, als verschwende sie kostbare Zeit der viel beschäftigten Frau.

»Hilft es Ihnen denn?«, riss diese sie aus ihren Gedanken und holte sie ins Hier und Jetzt zurück.

»Was?«

»Das Ablenken.«

»Ja. Zumindest für kurze Zeit.«

Kathy war dankbar, dass die Ärztin sie nicht fragte, wie sie sich ablenkte.

»Warum fühlen Sie sich einsam?«

»Ich glaube, das hängt damit zusammen, dass ich meine Mutter früh verloren habe.«

Kathy erzählte in Kurzform, wie ihre Mutter verstorben war.

»Nehmen Sie irgendwelche Medikamente?«, fragte Dr. Kerth völlig aus dem Kontext heraus.

»Ich nehme manchmal etwas gegen Angst- und Panikstörungen, damit ich nichts träume.«

Letzteres wollte sie eigentlich nicht sagen und schon gar nicht wollte sie, dass die Ärztin erfuhr, wie sie an die Medikamente gekommen war, aber jetzt war es raus und schwebte im Raum. Und das bereits in der ersten Therapiestunde.

Sie hatte sich vorgenommen, es langsam anzugehen und war selbst über ihre Redseligkeit überrascht.

»Sie wollen nichts träumen. Aha.« Dieses *Aha* verhieß nichts Gutes. Es bedeutete Fortschritt. Es bedeutete, dass nun tiefer gegraben wurde. Die Psychiaterin notierte sich etwas in ihrem dicken zerfledderten Notizbuch, dessen dunkelblauer Einband schon an einigen Stellen gerissen war und aus welchem viele bunte Notizzettel lugten. Es hatte also schon viele *Aha*-Momente in sämtlichen Therapien gegeben. Doch Kathy fragte sich, ob sie überhaupt schon bereit war, mehr zu erfahren und Vergangenes wieder aufleben zu lassen. Sie wartete auf die nächste unbequeme Frage und schielte dabei unauffällig rüber, um eventuelle Einträge lesen zu können, aber unglücklicherweise hatte Dr. Kerth eine dieser Doktor-Schriftarten, die aussahen, als würde jemand einen Kugelschreiber ausprobieren.

»Welche Träume möchten Sie denn vermeiden?«

»Ich träume immer wieder, dass ich in eine leere Wohnung komme. Jemand hat mir alles genommen, und die leeren Wände starren mich an …«

Lügnerin.

Kathy hatte noch nie einen derartigen Traum gehabt, aber sie hatte sich mal mit Traumdeutung beschäftigt und wollte die Therapeutin in eine falsche Richtung lenken, denn sie kam schon gefährlich nahe an die Wahrheit.

Verlustängste waren eine gute Ablenkung und nicht gänzlich gelogen.

Sie war noch nicht bereit. Es war ihr unangenehm, auf dem Präsentierteller zu sitzen. Sie verbrachten die restliche Stunde damit, den vermeintlichen Traum auseinanderzunehmen. Kathy war danach sehr erschöpft, aber mehr vom

Aufrechterhalten des Schauspiels als von der eigentlichen Therapie.

Sie nahm sich vor, in Ruhe über alles nachzudenken.

In Vino Veritas. Im Wein liegt Wahrheit. Mit *dieser* Wahrheit wollte sie sich zunächst einmal auseinandersetzen, denn diese war ihr vertraut und schmeckte auch viel besser als die Realität.

Auf dem Heimweg kaufte sie sich Vorrat für eine weitere Woche und war entschlossen, die noch nicht mal wirklich begonnene Therapie umgehend zu beenden.

So krank war sie dann doch noch nicht, redete sie sich ein.

16

Wie geht es dir heute?

Ich komme gerade von einem stressigen Termin und will mir eigentlich nur noch eine Flasche Wein aufmachen …

Daniel schreibt …

Oh, was ist los? Kann ich dir irgendwie helfen?

Momentan geht viel in meinem Kopf herum … Ich weiß nicht, warum ich dir das schreibe, aber ich habe das Gefühl, dass ich mit dir ehrlich sein kann.

Daniel schreibt …

Das kannst du auf jeden Fall. Ich habe immer ein offenes Ohr für dich, wenn du es brauchst. Aber fühle dich nicht gedrängt, mir etwas zu erzählen, was du nicht willst. Ich will nur, dass du weißt, dass ich für dich da bin.

Das spüre ich und bin dir von Herzen dankbar. :-) Es ist so viel gerade. Ich habe das Gefühl, mich selbst zu verlieren … Vielleicht sollte ich mich von dir therapieren lassen. ;-)

Daniel schreibt …

Hahaha, gerne. :-D Das Gefühl kenne ich ein wenig. Man lebt in einer Illusion, die man sich selbst aufdiktiert. Man lebt, aber man nimmt nicht wirklich teil am Leben … Man funktioniert.

Du sprichst mir aus der Seele. Ich weiß, wir kennen uns zwar nicht, aber du verstehst mich momentan, wie kein anderer es tut.
Ich würde dich gerne mal treffen … Ich bin so neugierig, wer du bist. :-)

Daniel schreibt …

Bald. :-) Ich bin momentan noch geschäftlich unterwegs, aber bald stehe ich dir ganz zur Verfügung. Versprochen! :-) Warte kurz …

Kathy schaute auf ihr Display, von dem aus ihr ein attraktiver Mann entgegenlächelte. Sie verlor sich beinahe in seinen grünen Augen. Oder waren sie blau? Wunderschön. Dunkle Haare. Leicht braungebrannte Haut. Genau ihr Typ. Ihr Herz machte einen ungeplanten Hüpfer. War das

Universum ihr doch wohlgesonnen? Nach allem, was vorgefallen war?

```
Wow!! <3 Ich freue mich auf dich. :) Gute
Nacht, »Romeo« ;-)
```

Sicher, dass du dich darauf freust, liebe Kathy? Dieser Teil des Plans war sehr leicht. Ich musste nur schauen, von wem du dich so abschleppen lässt und ein diesem Typ Mann entsprechendes Foto aus dem Internet herunterladen. Keine Ahnung, wer der Kerl ist. Wahrscheinlich ein Model oder so, aber ich werde mich seiner zahlreichen Fotos, die ihn bei allen möglichen Aktivitäten zeigen, noch bedienen, um dich damit zu füttern. Denn sobald man ein Bild zu einem Namen hat, wird die Sache realer.
Du hast ein klares Schema, in das mein wahres Ich nicht hineinpasst. Aber der Fremde auf dem Foto schon. Sein Aussehen und meine Fantasie ergeben Daniel. Deinen Traummann.

Du beißt sofort an. Es ist fast langweilig für mich, wenn du alles exakt genauso machst, wie ich es will. Aber du wirst dich noch wehren. Glaub mir.

Tatsächlich habe ich anfangs überlegt, einen Schauspieler zu engagieren, der mit dir auf Dates geht, aber es ist besser, wenn ich mein Vertrauen nicht in die Schauspielkunst eines Fremden setze, sondern in meine eigene. Und ich bin gut. Sehr gut sogar. Die Auflösung kommt am Ende, meine Damen und Herren. Ich werde auch Sie überraschen, dessen bin ich mir sicher, denn die Besetzung dieses Filmes ist grandios. Aber ein Happy End wird es nicht geben, so viel kann ich schon mal verraten, denn anders als Daniel ist mein wahres Ich überhaupt nicht romantisch veranlagt.

Gute Nacht, »Julia« <3

17

»Frau Bergen, schnell, die 207!!«, schrie die diensthabende Fachkraft ins Telefon und legte auf. Das »von« fehlte bei dem Appell. Es musste wohl dringend sein, wenn man schon nicht die Zeit fand, ihren Namen korrekt auszusprechen.

Kathy schloss ihr Büro ab, da verschiedene Patientenakten noch offen auf dem Schreibtisch verstreut lagen, und rannte los. Sie nahm sich vor, die Fachkraft später daran zu erinnern, die Patienten nicht als Nummer zu betiteln. Darauf legte sie Wert. Man bekam schon von Geburt an Nummern und Zahlen zugewiesen, die man bei Anträgen vorlegen muss, um sich auszuweisen. Eine Nummer im System. Wo bleibt da die Menschenwürde?

Zimmer 207 war erst seit einigen Tagen belegt. Ein junger Mann war von der Polizei im Drogenrausch aufgegabelt und in die Notaufnahme des Uniklinikums gebracht worden, als er versucht hatte, den U-Bahnverkehr mit einem selbstgebastelten Stoppschild zu regeln und dabei fast noch selbst unter die Räder geraten wäre, hätte sein Kreislauf nicht zuvor auf dem Bahngleis versagt.

Nachdem sein Blut wieder Werte gehabt hatte, mit denen es beinahe für eine Spende zugelassen worden wäre, verschwanden jedoch nicht seine Wahnvorstellungen, sodass die Ärzte ihn sofort hierher überwiesen hatten. Auf die Geschlossene. Zu ihr. Was auch immer diese Seele verstört hatte, galt es herauszufinden.

Als Kathy das Zimmer erreichte, saß der junge Mann in einer Zimmerecke auf dem Boden, hatte sich eingenässt und hielt sich ein gelbes Küchenmesser an den Hals. Er zitterte am ganzen Körper.

Woher hat er dieses Messer??, war der erste Gedanke, der ihr kam.

»Ich mach es … ich mach es …«, schrie er, seine Augen weiteten sich und ein Tropfen Blut lief bereits am Hals herunter. Der Patient stand im Begriff, sich die Halsschlagadern aufzuschlitzen. Vor den Augen der halben Belegschaft und vor ihr.

Es wäre nicht der erste Tote, den sie sehen würde. Vor ein paar Monaten hatte sich eine junge Frau mit Schizophrenie in ihrem Kleiderschrank erhängt. Mit der Schlaufe eines Bademantels.

Zuvor hatte eine andere Patientin ihre heimlich gesammelten Medikamente alle auf einmal eingenommen. Jede Hilfe kam zu spät. Die Organe hatten bereits versagt. Bis heute blieb es ein Rätsel, wie sie die Medikamente hatte sammeln können, da diese immer unter Aufsicht eingenommen wurden. Man konnte den Menschen eben nur bedingt vor sich selbst schützen. Wer sich wirklich nach dem Tod sehnte, wurde in einer Einrichtung wie dieser äußerst kreativ.

Kathy ging in Zeitlupengeschwindigkeit in die Hocke, während sie dabei seine Augen nicht aus dem Blick verlor.

»Adam … Ich setze mich jetzt vor Sie auf den Boden. Ist das in Ordnung?«

»Ich mach es … Du kannst mich nicht aufhalten. Eher sterbe ich, als dass die mich beherrschen können. Die sind in meinem Kopf … in meinem Kopf …« Er schlug sich mit der freien Hand immer wieder auf den Kopf, als vertreibe er damit die Dämonen.

»Guck mal«, sagte sie und überging die förmliche Anrede, die eigentlich ein vorgegebener Standard in der Klinik war. Doch sie hatte das Gefühl, dass sie ihn so besser erreichen konnte, denn wen auch immer er gerade vor sich sah, musste ihm vertraut sein, gleichzeitig schien er panische Angst vor dieser Person zu haben.

»Ich setze mich nur hin. Ich tue dir nichts.« Kathy sah aus dem Augenwinkel, dass der Arzt schon die Spritze mit dem Beruhigungsmittel hinter dem Rücken versteckt bereithielt. Sobald sie es schaffen würde, ihrem Patienten das Messer wegzunehmen, konnte er sie verabreichen.

Adam schaute sie unterdessen nur mit vor Schreck geweiteten Augen an, als wäre sie der Teufel in Person. Wen sah er nur vor sich? Vor was hatte er Angst? Oder besser gefragt, vor wem?

»Die wollen mich holen … Die wollen mich holen …« Seine Hand, die das Messer noch immer fest umklammerte, zitterte so stark, dass Kathy befürchtete, diese Bewegung allein könnte zu einer tödlichen Verletzung führen.

Er fing an zu schluchzen. Er hatte panische Angst.

»Wer möchte dich holen? Vertraust du mir?«, frage sie langsam und ruhig. Der junge Mann hatte vermutlich eine drogeninduzierte Psychose. Sie hatte sein Blutbild aus der Notaufnahme der Uniklinik gesehen. Mit dem Cocktail intus wären rosa Elefanten noch das Mindeste, was sein Gehirn produzierte. Jetzt sah es Feinde. Überall. Auch in ihr.

»Die Schatten.«

»Adam, gib mir das Messer, dann kann ich uns verteidigen.«

»Was?« Auf einmal blickte er sie glasklar an. Das Zittern hatte schlagartig aufgehört.

»Gib mir das Messer, ich verteidige dich gegen die Schatten.«

»Du hast dich doch mit denen verbündet.« Er hatte den Blick eines Wahnsinnigen. Kalt. Als sähe er durch sie hindurch.

»Nein, Adam, ich bin auf deiner Seite. Vertraust du mir?«

»Nein!! Die haben dich geschickt …«

»Adam, ich bin hier bei dir. Und ich möchte dir helfen. Gib mir deine Hand …«

Alle im Raum schienen den Atem anzuhalten, als er ihr Glauben zu schenken schien, und die Hand langsam den Griff der Waffe löste. Er streckte ihr das Messer auf der offenen Hand liegend entgegen. Sie wollte es gerade nehmen, als er die Klinge wieder ergriff und mit voller Wucht in ihren Oberschenkel rammte.

Sie schrie auf.

Dann ging alles sehr schnell.

Der Arzt nutzte den Moment, um Adam das Mittel zu injizieren, welcher kurz darauf kraftlos zu Seite kippte. Dabei lächelte er und hauchte kraftlos: »Ich habe es geschafft. Sie ist tot.«

Kathy spürte ein Brennen, welches wie tausend Nadeln durch ihr gesamtes Bein raste, und sah das Küchenmesser mit dem gelben Plastikgriff aus ihrem Oberschenkel ragen. Das Messer gehörte dem Pflegepersonal, war separat eingeschlossen und durfte niemals und unter keinen Umständen an Patienten ausgehändigt werden. Jeder wusste das. Jeder.

»Welcher Idiot hat das hier reingebracht?«, schrie sie hysterisch. Sie befand sich in einem Schockzustand und spürte, wie sich kalter Schweiß auf ihrer Stirn bildete, während ihr Gehör sich langsam von ihr verabschiedete, gemeinsam mit ihrem Sehvermögen, welches von dunklen Flecken getrübt wurde. Sie stand kurz vor einer Ohnmacht.

Bleib wach, bleib wach, bleib wach …

Als sie die zierliche Praktikantin in der Zimmerecke weinen sah, kannte sie bereits die Antwort. Sie würde sich morgen um die Entlassung dieser unfähigen Person kümmern. Solch ein unbedachtes Verhalten war lebensgefährlich. Und wenn sie ihm das Messer nur zum Obst schälen hatte geben wollen, so war das schon eine dumme Nettigkeit zu viel. Adam hatte sich im bisherigen Behandlungsverlauf immer unauffällig gezeigt. Zwar entkräftet und ausgelaugt, was aber nach seinen Erlebnissen nicht verwunderlich war.

Man musste in diesem Job mit allem rechnen. Zu jeder Zeit. Wem das nicht bewusst war, der hatte hier absolut nichts verloren.

Kathy wurde wenige Minuten später von zwei Sanitätern auf eine Trage gehoben und in das nächste Krankenhaus gebracht.

Obwohl Adam es nicht auf sie persönlich abgesehen hatte, schmerzte der Angriff sie tiefer als die Stichwunde, die womöglich schneller verheilen, als dass die Tatsache verschwinden würde, dass ihre Methode der Deeskalation nicht funktioniert hatte. Sie hatte die gesamte Situation völlig unterschätzt und sich vor ihren Kollegen blamiert. Lag es an dem Kater, der ihr schon den ganzen Vormittag Kopfschmerzen bescherte?

Oder war sie einfach zu großspurig unterwegs?

Vielleicht sollte sie mal einen Gang runterfahren. Dazu hatte sie jetzt Zeit, wenn man ihr wegen der Stichwunde Bettruhe verordnen würde.

Dann konnte sie in Ruhe überlegen, ob ihre Berufung wirklich hier lag.

18

»Warum wurde ich nicht hinzugerufen?«, tadelte ihr Vater streng, anstatt sich nach ihrem Befinden zu erkundigen.

»Danke, mir geht es ausgezeichnet«, erwiderte sie beleidigt, während sie eine unsichtbare Falte aus der Bettdecke strich.

Sie fühlte sich wieder wie die damals Fünfjährige, die beim Fahrradfahren hingefallen war und sich das Knie aufgeschlagen hatte. Sie war sofort zu ihrem Vater gerannt. Seine Reaktion war äußerst sachlich ausgefallen, und sie hatte sich für ihre Tränen geschämt.

»Das muss desinfiziert werden«, hatte er monoton festgestellt und daraufhin eine brennende Flüssigkeit in die blutende Wunde gekippt, und sie hatte die Zähne zusammenbeißen müssen, um nicht wieder zu weinen.

Ich vermisse Mama. Mama hätte mich jetzt in den Arm genommen und mir gesagt, dass alles gut würde.

Aber Mama lag krank im Bett. Oder vielmehr eine abgemagerte, blasse Frau, die ihr fremd war und langsam verschwand.

Bis heute zeigte sie nicht gerne Schwäche. Nicht vor ihm. Er hatte nach dem Tod von Mama nicht eine Träne vergossen, jedenfalls hatte sie das nie gesehen. Die wenigen Male, die sie ihn überhaupt zu Gesicht bekam, ließen sie nicht schlauer werden. Meist holte er sie von ihren Großeltern ab oder brachte sie wieder hin. Er selbst hatte schnell eine neue Frau gefunden: die Klinik.

Und diese Ehe währte bis heute.

»Ich habe getan, was ich konnte«, versuchte Kathy sich zu rechtfertigen.

Ihr Vater sah sie nur sprachlos an. War da etwa ein Funken Besorgnis in seinen Augen? Wenn dem so war, so sagte er es jedoch nicht. Sie hoffte, dass es ihn irgendwie interessierte, wie es ihr erging. Dass er bemerkte, dass er eine Tochter hatte.

»Nun gut, wann wirst du wieder arbeiten können?« Der Funken war erloschen. Die Augen schauten wieder trüb ins Nichts.

»Der Arzt meinte, ich solle mich drei Wochen schonen, aber ich denke, dass ich schon vorher wieder fit bin.«

»Prima. Dann ruh dich mal aus.« Er drückte ihr unbeholfen einen Kuss auf die Stirn und verließ den Raum. In dem Moment spürte sie, wie sehr sie sich nach einer herzlichen, warmen Umarmung von ihm sehnte.

Als Mama gestorben war, musste ihr wohl auch ein Teil von ihm in die Tiefen und Kälte der nassen Erde gefolgt sein. Er war nie ein Mann vieler Worte gewesen. Auch als Arzt war er sehr sachlich, wirkte manchmal sogar etwas kalt, aber man konnte seine Kompetenz niemals infrage stellen. Doktor von Bergen irrte sich niemals, und auch wenn sie sich gewünscht hätte, dass er ihr mehr ein Vater gewesen wäre, so bewunderte sie ihn und wollte nicht in seinem Schatten stehen, sondern Seite an Seite mit ihm arbeiten. Das war der einzige Weg, seine Aufmerksamkeit zu bekommen und ihm nahe zu sein.

»Beeil dich mal mit dem Heilen«, forderte sie ihren Körper auf, als ob der bloße Appell den Heilungsprozess beschleunigen könnte.

Ein anderer Teil in ihr freute sich auf die freie Zeit, in der sie Eiscreme löffelnd auf dem Sofa entspannen konnte, ohne sich vor irgendjemandem rechtfertigen zu müssen, außer vor sich selbst. Und sie hatte zudem mehr Zeit, Daniel intensiver kennenzulernen.

Die Unterhaltungen mit ihm gehörten mittlerweile zu ihrer Abendroutine.

Sie fragte sich immer wieder, warum ihr Vater sich derart distanziert verhielt. Hatte er sie nicht lieb? War er schon immer so gewesen?

Kathy meinte sich erinnern zu können, dass er in ihrer frühen Kindheit anders gewesen war. Er hatte gelacht, Späße gemacht. Womöglich war es aber auch einfach ihr Wunschdenken. Sie musste ihn darauf ansprechen, aber ob sie den Mut dafür aufbringen würde, konnte sie nicht sagen.

19

Dachten Sie wirklich, ich wäre das gewesen? Also bitte! Ich bin doch nicht einer von den Irren.

Außerdem wäre das doch viel zu einfach: Der kranke Psycho ist der Täter, ganz nach dem Prinzip: »Der Mörder ist immer der Gärtner.« Fertig. Story vorbei.

Keine Sorge. Ich liefere Ihnen großes Kino.

Aber der Kerl hätte mir beinahe meine Pläne durchkreuzt. Zum Glück hat der sein Mittel bekommen und liegt jetzt mit Fixierung im Beobachtungsraum. Woher ich sowas weiß? Tja … Ich weiß, wie es in so Einrichtungen zugeht.

Mein Herz ist fast stehen geblieben, als mir ein Vögelchen zwitscherte, dass die liebe Kathy ins Krankenhaus eingeliefert wurde. Du gehörst mir, Schätzchen.

Ich weiß nicht, wie vielen anderen Menschen du noch geschadet hast, aber ICH möchte derjenige sein, der dich für deine Sünden bestraft, denn du hast mir alles genommen. Du Mörderin!

Ich bin dein Gott und ich richte dich, Kathy von Bergen!

Aber vielleicht sollte ich Ihnen, liebe Zuschauer, langsam die Wahrheit über sie erzählen, damit Sie mich verstehen. Nur um deutlich zu machen, wer in diesem Film der wahre Bösewicht ist.

Stellen Sie sich mal vor, Ihnen wurde von einer Person das Wichtigste genommen, was Sie hatten. Ihre Welt. Und das alles durch eine einzige Lüge. Was würden Sie tun? Es einfach zulassen und zusehen, wie die Verantwortliche ihr Leben weiterlebt, als wäre nichts gewesen?

Wissen Sie, Kathy war nicht immer die liebe, freundliche Therapeutin mit dem Ach-so-großen Herz, die sie momentan spielt.

Egal wie sehr sie auch versucht, für ihre Taten Buße zu leisten, für mich wird sie immer dieses Monster bleiben, welches über Leichen geht. Menschen wie sie ändern sich nicht. Menschen wie sie müssen vernichtet werden.

Ich kann mich noch genau an den Tag erinnern, als er plötzlich nicht mehr da war …

Hätte sie nur ihren Mund aufgemacht und die Sache richtiggestellt, denn wäre es nie so weit gekommen.

Ich erzähle es Ihnen bald. Alles der Reihe nach. Sonst verstehen Sie es nicht.

Aber eines kann ich schon sagen: Kathy von Bergen führt alle Menschen an der Nase herum. Sie eingeschlossen. Sympathisieren Sie etwa mit dieser Frau?

Die freundliche Psychotherapeutin, die ihre Berufung gefunden hat, Menschen zu heilen? Fragen Sie sich eher einmal, warum sie diesen Beruf wählte und warum sie sich die Birne wegsäuft. Man muss kein Psychologe sein, um die Anzeichen zu erkennen.

Das sind eindeutige Schuldgefühle!

20

Hey Daniel, wie geht es dir?

Daniel schreibt …

Hey Kathy. Mir geht es gut. Ich hatte geschäftlich gerade viel um die Ohren, aber so langsam glätten sich die Wogen und ich blicke auf ein paar ruhige Tage. Wie läuft's bei dir so?

Ich hatte einen Arbeitsunfall und bin jetzt ans Bett gefesselt. :-(

Daniel schreibt …

Oh nein!! :-O Was ist passiert? Ist es schlimm?

Ein Patient hat mich angegriffen, aber zum Glück nicht ernsthaft verletzt. Ich muss trotzdem das Bett hüten und mich schonen. Aber mir ist so langweilig …

Daniel schreibt …

Ich bin gerne für dich da, so gut ich kann und lenke dich ab.

Das ist sehr süß von dir, danke schön :-)

Daniel schreibt …

Und was hast du mit der neu gewonnenen Freizeit nun vor?

Ich muss mir mal in Ruhe Gedanken um mein Leben machen. Und ich glaube, das war womöglich ein Wink des Schicksals, mir mal diese Zeit zu nehmen. ;-)

Daniel schreibt …

Poetisch. :-) Glaubst du an Schicksal? Oder an Zufall?

Hm, ich weiß es ehrlich gesagt nicht. Irgendwie wäre es schön zu wissen, dass ein tieferer Sinn hinter unserem Dasein steckt. Auf der anderen Seite fragt man sich dann auch immer wieder, warum meint es das Schicksal nur mit manchen Menschen gut, das ist ja nicht fair. Wie denkst du darüber?

Daniel schreibt …

Ich sehe das ähnlich. Ich stelle mir sowieso häufig die Frage nach dem Warum. Nach einem Sinn. Aber ich finde

keine Antworten. Ich weiß nur momentan, dass ich mit dir offen sein kann, Kathy. Und das bedeutet mir sehr viel. Ich schätze unsere Unterhaltungen sehr und sie sind jedes Mal neu aufschlussreich.
Ich will dich gerne mal treffen, aber ich genieße momentan noch diese intensive Phase des Kennenlernens ohne den körperlichen Fokus. Was meinst du dazu?

Ich fühle, was du meinst. Ich habe eine Zeit lang zu viele oberflächliche Kontakte gehabt, wo es zu schnell in eine andere, intimere Richtung ging, und es tut so gut, einfach reden zu können … bzw. schreiben. :-) (… wobei ich dich natürlich sehr attraktiv finde, um ehrlich zu sein) ;-)

Daniel schreibt …

Kann ich nur zurückgeben ;-) Das freut mich zu hören. Und du darfst immer ehrlich zu mir sein. Ich bin ein guter Zuhörer und ich möchte dich kennenlernen :-) Und bald sehen wir uns auch endlich. Versprochen!

Und das will ich tatsächlich. Ich will deine Version der Geschichte hören. Ich will wissen, ob du dich noch an ihn erinnerst. Ob du weißt, was du getan hast. Ich will wissen, ob du die Lüge wirklich glaubst, die du dir und allen anderen erzählt hast.

21

Hocker. Benzin. Lack. Papier. Buchstaben, die keinen Sinn ergeben.

Und noch etwas: Ein toter Körper, der von der Decke baumelt.

22

Mit einem Ruck riss der offensichtlich grobmotorisch veranlagte Arzt ihr den Verband vom Oberschenkel und legte eine rote fleischige Naht frei, die von dunklen Fäden zusammengehalten wurde, welche heute gezogen werden sollten.

Die Wunde war recht zügig verheilt, wie sie selbst sehen konnte, und Schmerzen verspürte sie nur noch bei schwerer Belastung. Kathy freute sich wieder auf ihren Arbeitsalltag. Allein zu Hause rumsitzen zu müssen, langweilte sie. Zudem hatte sie ihre Patienten doch sehr vermisst. Die letzten zwei Wochen hatte sie außer True-Crime-Dokumentationen schauen und viel zu viel Fast Food essen nicht wirklich etwas zustande gebracht. Lissy war ein paarmal vorbeigekommen, sie hatten gequatscht und Cocktails gemischt. Doch die meiste Zeit ging es nur um die Hochzeitsvorbereitungen, an denen Kathy immer mehr Gefallen fand, da sie somit Beschäftigung hatte und nicht nachzudenken brauchte. Die gesündere Ablenkung im Vergleich zum üblichen Alkohol- und Männerkonsum.

Auch wenn sich ihre Freude in Grenzen hielt, so hatte sie sich vorgenommen, ihre Pflichten als Trauzeugin ernst zu nehmen.

An den Abenden hatte sie mit Daniel gechattet und ihn besser kennengelernt. Sie hatte erfahren, dass seine Eltern geschieden und er bei seinem Vater aufgewachsen war, dass er eine Schwester hatte, zu welcher er jedoch keinen regelmäßigen Kontakt pflegte, da diese bei der Mutter groß geworden war.

Sie wiederum hatte ihm erzählt, dass sie ihre Mutter früh verloren hatte und sie jeden Tag vermisste. Sie hatte sich über ihren Vater ausgeweint, der ihr so wenig Beachtung schenkte, und dass sie schon von Kindheit an versuchte, seine Aufmerksamkeit zu gewinnen, sich geliebt zu fühlen oder einfach nur nicht einsam zu sein. Das hatte sie noch nie jemandem erzählt, nicht einmal Lissy. Es erschien ihr kindlich, dass sie mit Anfang dreißig noch immer so elternbezogen war.

Sie vertraute Daniel. Das wurde ihr mehr und mehr bewusst, doch gleichzeitig gab es eine skeptische Stimme in ihrem Kopf, die nicht ganz glauben wollte, dass es Daniel wirklich gab. Und Lissy hatte angemerkt, dass sie es seltsam fand, dass Daniel sie immer noch nicht auf ein echtes Date gebeten hatte.

»Ich würde ihm noch zwei Wochen geben und dann die Sache aufgeben«, hatte sie gesagt und bei Kathy Zweifel gestreut.

Sie hatte zwar versucht, ihr zu erläutern, dass sie sich erst mal im persönlichen Austausch kennenlernen wollten, aber ein wenig seltsam war es schon, da musste sie ihrer besten Freundin recht geben.

Du lässt dich aber auch immer so schnell verunsichern. Hast du keine eigene Meinung?

Mit einem lauten und sachlichen »So« holte der Arzt sie in die Realität zurück und präsentierte ihr die Fäden, die bereits gezogen auf einem Silbertablett lagen. Lecker.

Sie hatte sich auf eine sadistische Prozedur eingestellt, aber letztendlich hatte sie keinerlei Schmerzen verspürt. Zu sehr war sie in Gedanken gewesen.

»Vielen Dank«, sagte sie lächelnd.

»Schwester Monika, verbinden Sie bitte«, kommandierte er die in der Ecke sitzende Krankenschwester, die Kathy trotz ihrer außerordentlichen Leibesfülle bisher gar nicht bemerkt hatte, und verließ den Raum.

Geschickt legte diese einen Verband an und gab ihre Empfehlungen mit auf den Weg, sich zu schonen und es langsam angehen zu lassen. Kathy quittierte das Ganze mit wiederholtem Kopfnicken und war in Gedanken schon beim morgigen Tag, an dem sie wieder in der Klinik sein würde. Nach starken Selbstzweifeln unmittelbar nach dem Vorfall hatte sie wieder Mut gefunden, ihrem Beruf nachzugehen. Jeder versagte einmal, hatte sie sich gesagt.

Nur dein Vater nicht. Und Lissy. Alle anderen nicht, außer dir.

23

Kathy schritt durch die Flure der Klinik und erblickte alte wie auch neue Gesichter. Einige Patienten waren wohl entlassen worden in ihrer Abwesenheit, andere kauerten im Aufenthaltsraum und waren in Kartenspiele oder Puzzle vertieft. Viele Kollegen grüßten sie überschwänglich und äußerten, wie schön es doch sei, dass sie wieder da war, was ihr mehr Genugtuung verschaffte, als sie sich anmerken ließ. Sie hatte sich nicht als Mitarbeiterin gesehen, die man vermisste, vor allem, da sie zu niemandem im Kollegium einen freundschaftlichen Umgang pflegte.

Als sie ihr Büro aufschloss, empfing sie ein Gefühl von Zuhause. Und gelegentlich ertappte sie sich dabei, dass sie sich viel lieber hier aufhielt als in ihrer gemütlichen Wohnung, die sie ganz für sich hatte.

Sie hatte schon mehr als einmal mit dem Gedanken gespielt, sich ein Haustier anzuschaffen, aber diese Art Verantwortung war sie noch nicht gewillt zu tragen.

Sie legte ihr Handy auf den Schreibtisch und stellte es auf stumm. Sie wollte nicht während einer Behandlung von Daniel abgelenkt werden, so sehr sie die Unterhaltungen auch genoss. Die Konversationen hob sie sich als Belohnung für den Feierabend auf. Ab heute begann auch ihr unausgesprochenes Ultimatum an ihn. Zwei Wochen. Wenn bis dahin kein Treffen von seiner Seite vorgeschlagen wurde, dann würde sie Lissys Rat folgen und sich anderweitig umsehen. Erst jetzt fiel ihr auf, dass sie seit längerer Zeit nicht mehr in Bars unterwegs gewesen war, um sich Bestätigung zu holen.

Überhaupt war ihr Leben ein wenig ruhiger geworden durch ihn. Sie fühlte etwas, was sie lange nicht mehr gespürt hatte. Es kam dem Gefühl gleich, geliebt zu werden. Sofern man schon davon reden konnte.

Glaubst du wirklich, dass das dein Prinz ist? Ist das Liebe oder Naivität?

Auch wenn sie es nicht wahrhaben wollte, so hatte sie Torschlusspanik. Ihre einzige und beste Freundin Lissy war verlobt. Womöglich demnächst schwanger. Deren Freundinnen waren bereits verheiratet. Hatten Kinder. Bauten Häuser. Und sie selbst hing um Welten hinterher. Wenn sie nicht achtgab, tat sie es ihrem Vater gleich und würde bald ebenfalls mit der Arbeit verheiratet sein.

Auch Stefan war mittlerweile glücklich unter der Haube, wie ihr ein Blick auf sein Profil verraten hatte. Sie hatte seine Nummer immer behalten in der leisen Hoffnung, dass er sie doch vermisste. Aber er hatte sich schnell Ersatz gesucht. Eine zweite Kathy. Nur perfekter.

Der Gedanke an ihn schmerzte immer noch, als sei die Trennung gestern gewesen.

»Es ist so schön, dass Sie wieder da sind«, freute sich Tim, als er ihr Behandlungszimmer betrat. »Ich habe gehört, dass Sie angegriffen wurden? Stimmt das?« Er schaute sie mit vor Angst geweiteten Augen an, und wieder wirkte er wie ein kleiner Junge, dem man erzählte, dass es den Weihnachtsmann nicht gab.

Was sollte sie ihm sagen? Da es ohnehin jeder zu wissen schien, war es nur sinnlos, ihm eine andere Geschichte aufzutischen, also entschied sie sich für die Wahrheit.

»Ja, da haben Sie richtig gehört«, sie versuchte ihre Aussage mit einem gespielt gequälten Grinsen zu mildern, aber der Schreck in seinen Augen verschwand nicht.

»Nun, ich bin ja jetzt wieder da, und mein Bein ist wie neu.« Zur Demonstration ging sie ein paar Schritte vor ihm auf und ab und kam sich im nächsten Moment dämlich vor. Wem musste sie hier etwas beweisen?

Doch es schien Tim ein wenig zu beruhigen und er nahm auf dem Sofa Platz.

Noch bevor sie das Therapiegespräch einleiten konnte, verdunkelte sich seine Miene augenblicklich wieder.

»Ich werde entlassen.«

Drei Worte.

Im ersten Moment fühlte sie einen stechenden Schmerz in ihrer Magengegend. Das war kein gutes Zeichen. Sie hatte innerlich eine Bindung zu einem Patienten aufgebaut und das machte es ihr schwer, ihn gehen zu lassen.

Ihrer Meinung nach bestand noch Therapiebedarf, oder redete sie sich das nur ein, damit er noch länger bliebe?

Es fühlte sich an, als würde man ihr das Kind wegnehmen, dass sie schon einige Monate unter dem Herzen getragen hatte. Tim war der erste Patient gewesen, den sie behandeln durfte, welcher »ernsthafte« Probleme gehabt hatte, und der sie trotz anfänglicher Annäherungsschwierigkeiten immer mehr an sich herangelassen hatte. Sie war Teil seiner Heilung gewesen und das stimmte sie unglaublich freudig.

»Wer hat das beschlossen?«, fragte sie und klang barscher als beabsichtigt.

»Herr Ziegler. Der hat mich betreut, als sie weg waren.«

Herr Ziegler!!!

Jan Ziegler hatte erst vor einem Jahr sein Studium beendet und hielt sich für den erfahrensten Psychotherapeuten auf Erden. Er war nicht viel jünger als sie selbst, das glaubte sie zumindest. Aber in ihren Augen war er ein eingebildeter Schnösel, dem mehr an seinem Ruf als an dem Wohl seiner Patienten gelegen war.

Jan hatte anfänglich ein Auge auf sie geworfen, sie mehrfach zum Essen ausgeführt. Eine gemeinsame Nacht hatten sie verbracht.

Eigentlich waren es schöne und innige Stunden gewesen, aber Kathy hatte ihn schnell abgewiesen. Arbeit und Privates sollte man nach Möglichkeit nicht vermischen, zumindest hatte sie das als Ausrede hervorgebracht. Im Nachhinein konnte sie selbst nicht genau sagen, warum sie so gehandelt hatte. Ein Phänomen, welches sich einschlich, wenn ihr etwas zu intensiv wurde. Das Problem war, dass sie jeden potenziellen Partner mit Stefan verglich, auch wenn sie sich das nicht eingestand. Niemand konnte ihm das Wasser reichen, in Gedanken war sie ständig bei ihm.

Der Nachteil war bloß, dass ihr Vater viel von Jan hielt. Er konnte gut blenden. Er wirkte sehr überzeugend mit seinem gebildeten Aussehen. Er trug stets gebügelte weiße Hemden, eine moderne Brille, und kein Haar lag an der falschen Stelle. Traumschwiegersohn. Aber er hatte Kathy nie verziehen oder war derart in seiner Ehre gekränkt worden, dass er permanent versuchte, sie zu provozieren. Und dabei griff er immer tief in die Trickkiste. Doch die Gesundheit eines Patienten auszunutzen, um ihr eins auszuwischen, ging zu weit.

»Ich werde das noch mal klären. Fühlen Sie sich denn bereit zu gehen?«

»Ich weiß es nicht. Ich habe Angst vor der Welt da draußen. Ich wurde hier so gut versorgt und weiß nicht, ob ich den Anforderungen gewachsen bin …«

»Wie ist es Ihnen denn in den letzten zwei Wochen ergangen?«

»Hier ist viel passiert. Ist ein ständiges Kommen und Gehen. Die aus der Zwölf ist ein paarmal ausgerastet und musste fixiert werden und hat die ganze Zeit nach ihrer Mutter geschrien. Ich meine … ich dachte, ICH wäre krank, aber das war heftig …« Er konnte sich ein Lachen nicht verkneifen.

Kathy blickte ihn mahnend an.

»Sie wissen doch, dass hier neben Ihnen weitere Menschen sind, die sehr schlimme Dinge erlebt haben, und jeder verarbeitet es anders. Betrachten Sie die menschliche Psyche als Gefäß. Jeder besitzt also ein solches Gefäß. Sie mögen vielleicht von außen gleich aussehen, aber was man nicht sieht, ist, dass sie jeweils aus unterschiedlichem Material gemacht sind. Man bewirft nun diese Gefäße mit dem gleichen Gegenstand und der gleichen Kraft. Manche zerbrechen und manche haben vielleicht nur einen Kratzer.« Dieses Beispiel hatte sie einst von einem Professor im Studium gehört und nie vergessen. Seitdem hatte sie versucht herauszufinden, aus welchem Material ihr »Gefäß« war. Von außen schien es wie zementiert zu sein, aber das war ein Trugschluss. Die Risse kamen von innen. Destruktiv.

»Ich weiß … Entschuldigung. Aber Sie wollten ja wissen, wie es MIR ergangen ist … Also, ich glaube, alles in allem mache ich mich ganz gut. Die Medikamente wirken langsam. Ich spüre, dass ich nicht mehr so negativ denke wie vorher. Und ich konnte mich bei Herr Ziegler gut öffnen. Er hat die richtigen Fragen gestellt und so …«

Kathy verspürte Wut und einen Hauch von Eifersucht, ließ sich jedoch nichts anmerken. Jan hatte ihr nicht nur den

Patienten weggenommen, sondern auch noch »den Durchbruch« geschafft, was so eine Art Auszeichnung im Bereich der Psychotherapie war. Die Frage war nur, was er wohl von Tim in Erfahrung gebracht hatte. Sie musste mitspielen, um nicht beleidigt zu wirken.

»Ja, das hat er mir berichtet«, log sie, denn auch in der Akte war diesbezüglich nichts vermerkt worden. »Wollen Sie es mir trotzdem noch einmal mit Ihren eigenen Worten erzählen?«

Sie hoffte. Sie wartete. Eine Minute verstrich, in der Tim offensichtlich mit sich rang.

»Ja, also …«, begann er stotternd, »mir sind einige Dinge von früher wieder eingefallen. Mein Bruder …«, er brach ab und beugte sich nach vorne, stütze die Ellenbogen auf die Knie und schniefte. Es fiel ihm sichtlich schwer, darüber zu sprechen.

Kathy wartete.

»Ich hatte einen Bruder … er war etwas älter als ich …«

Kathy wartete weiter.

»Er starb, als ich klein war … Ich war wohl noch zu jung, um mich vollständig daran zu erinnern. Aber ich habe lange mit meinen Eltern gesprochen und sie haben mir bestätigt, dass ich ihn wohl gefunden haben muss. Er ist ertrunken. Im See …«

Jetzt schloss sich der Kreis um die stark ausgeprägten Schuldgefühle, die sie vermutet hatte.

»Das tut mir sehr leid.« Sie beugte sich nach vorne und legte ihm mitfühlend die Hand auf die Schulter.

»Ich glaube, meine Eltern wollten mich schützen und haben es mir nie erzählt. Ich konnte mich nicht mal an ihn erinnern. Jonas … Jonas hieß er.« Tim blickte auf. Seine

Augen glänzten und er bemühte sich, die Tränen zurückzuhalten.

»Was hat das mit Ihnen gemacht, nachdem Sie es herausgefunden haben?«

»Ich war erstmal komplett am Ende, hab geschrien und geheult und mir was zur Beruhigung geben lassen. Ich habe nur noch geweint … Das Seltsame ist, dass ich mich nicht wirklich an ihn erinnern kann. Und trotzdem bin ich traurig.«

»Die frühe Kindheit ist sehr prägend und vieles, was dort passiert, verfolgt uns ein Leben lang. Gutes wie Schlechtes. Manches verdrängen wir. So, wie du es getan hast. Das ist ein normaler und gesunder Schutz, den dein Körper vornimmt.«

»Ja, das hat Herr Ziegler auch gesagt …«

Herr Ziegler. Herr Ziegler!!!

Tim erzählte noch einige Erinnerungen, die er teilweise selbst oder mit der Hilfe seiner Eltern rekonstruiert hatte. Dann war die Therapiestunde auch schon vorbei.

Als Tim den Raum verlassen hatte, fragte sie sich, mit welchem Menschenverstand man seine Entlassung beordert hatte. Sie nahm sich vor, schnellstmöglich das Gespräch mit Jan Ziegler zu suchen, denn sie hatte seine Spielchen satt.

24

Guten Abend, die Dame. Wie ergeht es Ihnen?

Ich hatte einen heftigen Tag. Ein Patient, der mir sehr ans Herz gewachsen ist, hatte kürzlich eine Retraumatisierung und hat mir heute davon erzählt.

Daniel schreibt …

Oh, was ist passiert?

Er hat erfahren, dass er seinen ertrunkenen Bruder gefunden hat, als er noch klein war.

Daniel schreibt …

Das ist heftig!!

Ja, es ist echt krass, wie sehr das menschliche Gehirn Dinge verdrängt und trotzdem ein ganzes Leben beeinflusst.
Ich vermute, dass er sich immer die Schuld dafür gegeben hat, obwohl er sich nicht bewusst daran erinnern konn-

tc. Sorry, wenn ich dich hier gerade mit dem Kram nerve …

Daniel schreibt …

Das ist kein Kram. Das ist ehrlich gesagt interessant, und ich finde die menschliche Psyche faszinierend. Es tut mir sehr leid für ihn und ich hoffe, dass es ihm gut geht. Und dir natürlich auch. Ich finde es äußerst bewundernswert, was du machst. <3

Danke schön. <3 Das ist so lieb von dir.

Daniel schreibt …

Ich würde dich gerade echt gerne in den Arm nehmen … Ich glaube, das müssen wir demnächst mal angehen, oder?

Könnte ich gerade gut gebrauchen. Meinst du das ernst? Um ehrlich zu sein, habe ich schon fast nicht mehr daran geglaubt, dich wirklich zu treffen.

Daniel schreibt …

Ach echt? ;-D Ich weiß, dass ich ein wenig unglaubwürdig rüberkomme, aber ich kann dir nur mein Wort geben, dass

es mich wirklich gibt und ich dich treffen möchte.

Ich glaube dir. <3 Gute Nacht, Daniel

Daniel schreibt …

Gute Nacht, Kathy. <3

Du sorgst dich also um deine Patienten. Kaum zu glauben, aber ich nehme es dir ab. Wie rührend. Ich fühle sogar fast Mitleid mit Tim, denn ich glaube, ich kann wohl am besten nachvollziehen, wie es sich anfühlt, jemanden zu verlieren.

Jemanden, den man liebt.

Jemanden, den du mir genommen hast!

25

Martin von Bergen schaute seine Frau von der Seite an. Sie war endlich friedlich eingeschlafen. Er liebte sie von ganzem Herzen. Als sie sich näher kennengelernt hatten, war er sofort angetan von ihrem Liebreiz und ihrer Leichtigkeit, wie sie über das Leben dachte und mit welchem Humor sie an unbequemere Lebensfragen heranging.

Sie hatte in einem Restaurant gekellnert, in welchem er mit seinen Freunden, während des Medizinstudiums, häufig eingekehrt war. Seine Freunde hatten ihm von ihr abgeraten, aber letztendlich hatte er feststellen müssen, dass er falsche Freunde hatte. Freunde, die Menschen nach den gleichen Maßstäben bewerteten, wie seine Eltern es taten.

Er hätte sie trotzdem gewählt. Immer und immer wieder. Seine Familie war eher kühl. Konservativ. Man sprach nicht über Gefühle. Alles, was zählte, war die Leistung, die man erbrachte. Wie viel Geld auf dem Konto lag. Welchen Rang man hatte. Eine Kellnerin war es demnach nicht wert, auch nur gegrüßt zu werden.

Er konnte sich noch gut daran erinnern, wenn sein Vater früher seine Kollegen aus der Kanzlei zum Abendessen einlud. Sie trugen wahrscheinlich auch beim Sport einen Dreiteiler und gingen zum Lachen in den Keller. Diese Abende waren das reinste Theaterspiel gewesen, und er selbst hatte sich immer unwohl gefühlt. So fehl am Platz. Seine Mutter hatte das Schauspiel schweigend ertragen. Martin hatte nie erfahren, wie sie darüber dachte. Sie folgte stets brav dem Willen ihres Mannes.

Er wollte nicht werden wie seine Eltern. Und Susanne war der wunderschöne Kontrast zu seiner Familie. Sie hatte ein großes Herz. Eine einzigartige Wärme, die er zuvor nie erfahren hatte. Sie gab ihm Kontra, sah aber auch ein, wenn sie einen Fehler gemacht hatte. Ein Strauß frischer Feldblumen zauberte ihr ein solch liebreizendes Lächeln ins Gesicht, dass er immer öfter auf dem Heimweg an einem Feld anhielt und eigenständig welche pflücke. Sie offenbarte Seiten an ihm, von denen er gar nicht wusste, dass er sie besaß. Und sie hielt die Blumen auf einer Leinwand fest, wodurch sie, für immer in Farbe konserviert, sichtbar erstrahlen würden. Ihre Bilder waren so präzise gemalt, dass man in Anbetracht dieser sogar beinahe den Wind spüren konnte, der Bewegung in die Blumen und Gräser fuhr und den süßen Duft wahrnahm, den sie ausstießen.

Als sie Kathy bekamen, war ihr Glück vollständig gewesen. Eine eigene kleine Familie.

Susanne hatte keine einfache Vergangenheit gehabt. Ihre Eltern waren beide früh gestorben und sie war bei ihren Großeltern aufgewachsen, die mit ihren Erziehungsmethoden noch ein paar Jahrhunderte zurücklagen. Susanne hatte viele Schläge einkassieren müssen. Für Nichtigkeiten. Sie hatte früh gelernt, sich zu fügen, zu tun, was man von ihr verlangte. Und mit siebzehn war sie ausgezogen, hatte mit ihrer besten Freundin Molly eine Wohnung angemietet und sich selbst durchgeschlagen. Was ihr gelungen war. Sie war so sensibel und doch so stark.

Martin strich ihr vorsichtig mit einem Finger über die Wange. Er wollte sie nicht wecken, aber in diesem Moment musste er seine Gefühle zum Ausdruck bringen. Sie lächelte leicht und schmiegte sich an ihn.

26

Jan Ziegler nippte genüsslich an seinem dampfenden schwarzen Kaffee, während er Kathy triumphierend ansah, als hätte er die Debatte bereits gewonnen.

In diesem Moment fragte sie sich, was sie einst bewogen hatte, mit diesem Mann auszugehen. Sie saßen an einem runden Tisch in dem Raum, in dem dienstags und donnerstags die große Visite stattfand.

Dr. Martin von Bergen, Jan Ziegler und ihre Wenigkeit.

Aufgeschlagen vor ihnen lag die Akte von Tim Paziewski.

Kathy hatte dieses Treffen unmittelbar nach der Sitzung mit Tim einberufen, und es hatte zwei Tage gedauert, bis endlich alle Parteien Zeit gefunden hatten, um sich zusammenzufinden.

»So, was liegt denn für ein Problem vor?«, fragte ihr Vater und schaute beide streng über die Lesebrille an, als würde er zwei streitende Kinder rügen wollen.

Kathy schämte sich in dem Moment, weil sie sich wirklich ein wenig kindisch vorkam. Vielleicht sollte sie sich einfach auf die Meinung ihres Kollegen verlassen und die Sache ruhen lassen, aber die letzte Stunde mit Tim hatte ihrer Meinung nach gezeigt, dass er noch nicht bereit war, und wenn sich schon niemand für ihn einsetzte, dann würde sie es tun.

Also straffte sie ihren Rücken, räusperte sich dramatisch und begann ihr Plädoyer: »Die Sachlage besteht darin, dass Herr Ziegler beschlossen hat, den Patienten Tim Paziewski zu entlassen, den er in meiner Abwesenheit behandelt hat, obwohl dieser meiner Meinung nach noch Behandlungsbedarf hat. Zumal er erst kürzlich seinen Durchbruch hatte und sich alleingelassen fühlt mit seinen Emotionen. Das hat er mir in der letzten Sitzung vor zwei Tagen gesagt.«

Sie hatte, während sie sprach, immer wieder zu Jan rübergeschielt. Sein triumphierendes Lächeln wirkte nun verunsichert und gestellt.

»Nun, was hat Sie dazu veranlasst, diese Entscheidung zu treffen?«, fragte ihr Vater an Jan gerichtet. Man spürte deutlich, dass er seine wertvolle Zeit lieber anders verbringen wollte, als sich mit diesem Kleinkram herumzuschlagen.

»Herr Paziewski zeigte sich mir während unserer Gespräche sehr selbstreflektiert, gefasst und optimistisch, wie Sie dem Bericht entnehmen können. Er leidet an einer Borderline-Persönlichkeitsstörung, die ihre Tochter – ich meine *Frau von Bergen* – völlig richtig diagnostiziert hat. Er hat starke Stimmungsschwankungen, stimmte aber einer Einstellung auf Citalopram zu. Diese wurde umgehend vorgenommen, er spricht gut darauf an und zeigt sich seitdem stabil.« *Dem Bericht entnehmen …* Jener Bericht, den er womöglich heute Morgen noch schnell zusammengebastelt hatte, denn in der Akte war er bisher nicht zu finden gewesen. *Arschloch!*

Kathy war nicht entgangen, wie er ihren Namen besonders abfällig betonte.

Entweder hatte ihr Vater es nicht gehört oder ignorierte es gekonnt. Seine Antwort fiel wie immer sachlich aus: »Nun, dann denke ich, ist alles gesagt. Ich denke, es ist am besten, wenn wir Herr Paziewski entlassen und er sich wieder in seinen Alltag einfügt. Ich sehe gerade, dass er an allen Therapien teilgenommen und noch dazu gut abgeschnitten hat.«

Kathy nickte. Jan bedankte sich, stand umgehend auf und verließ den Raum mit erhobenem Haupt.

Arschloch!!!

»Ich dachte, ihr hättet euren kleinen Disput von damals geklärt.«

»Was meinst du?«, fragte sie ihn pikiert.

»Dein Verhalten ist kindisch, die Meinung eines Kollegen zu untergraben, nur um ihn schlecht dastehen zu lassen. So habe ich dich nicht erzogen.«

Kindisch? Ich? Wer ist denn hier kindisch? Und du hast mich nicht erzogen. Das waren Oma und Opa.

»Das stimmt nicht ... Ich habe ... Ach egal, entlassen wir ihn. Womöglich ist es wohl das Beste für ihn.« Sie war beleidigt, fühlte sich nicht ernst genommen, aber wollte es sich nicht anmerken lassen. Tim war für sie wie ein Bruder gewesen. Sie hatte leider nie Geschwister gehabt.

Aber so war des Lebens Lauf, und sie musste loslassen. Noch ein paar Therapiestunden mehr und sie hätte dem Drang, sich Tim gegenüber zu öffnen, nicht mehr standhalten können. Eine Freundschaft zwischen Patienten und Therapeuten war gänzlich unmöglich, und das wusste sie auch. Trotzdem nahm sie sich vor, sich regelmäßig nach seinem Wohlergehen zu erkundigen. Sie hatte seine Kontaktdaten der Akte entnommen.

Genauso würde sie es auch mit Frau Krämer machen. Und allen weiteren Patienten. Ihr Versorgungsauftrag endete ihrer Meinung nach nicht mit der Entlassung.

»Gut, dann ist das also beschlossen«, sagte er, stand ebenfalls auf und verließ den Raum. Sein weißer Kittel schwang hinter ihm her.

Da saß sie nun allein an dem plötzlich zu groß wirkenden

runden Tisch und wusste nicht, ob sie schreien oder gegen die Wand hauen sollte.

Sie nahm stattdessen ihr Handy und fragte Lissy, ob sie Lust hatte, nach dem Feierabend in ihre Lieblingsbar zu gehen.

Lissy antwortete umgehend:

`Kann ich heute auch gut gebrauchen. Ich freu mich. Bis später.`

Ablenkung würde ihr guttun und zumindest für eine kurze Zeit die plagenden Gedanken der Selbstzweifel verdrängen.

Sie nutzte die Zeit bis zur nächsten Therapiestunde, um sich eine »Notfall-Zigarette« zu gönnen, die sie sich eigens für heute eingesteckt hatte.

Es gibt noch so viele andere Patienten, die dich brauchen. Johanna Krämer zum Beispiel. Sie braucht dich jetzt ganz besonders. Lass dich nur nicht schon wieder von einem Patienten außer Gefecht setzen. Das war peinlich! Dein eigener Vater hält dich für inkompetent. Du musst dich jetzt noch viel mehr anstrengen und ihm beweisen, dass du dir deinen Platz hier verdient hast. Dass du seine Aufmerksamkeit verdienst. Dass du es wert bist, geliebt zu werden.

27

Kathy erreichte die Bar zuerst. Es war eine moderne Cocktailbar mit violetten Neonröhren an der Decke, weißen Lederlounges, zarten Vorhängen, die vor Blicken schützten und ein wenig Privatsphäre boten. Die Szenerie wurde von ruhigen Jazz-Klängen ausgefüllt. Alles in allem der perfekte Ort, um einen stressigen Arbeitstag ausklingen zu lassen beziehungsweise ganz zu vergessen, je nachdem, wie viele Cocktails man beschloss, zu sich zu nehmen.

Als Lissy in einem kurzen Glitzerkleid erschien, fühlte sich Kathy in ihrer dunklen Jeans und der weißen Bluse nahezu bäuerlich. Wenigstens harmonierten ihr Lippenstift und ihre Tasche miteinander.

»Gut siehst du aus«, meinte Lissy und umarmte sie herzlich.

»Danke, du aber auch. Wo hast du dieses Kleid her?«

»Dior«, sagte sie zwinkernd.

War klar.

Lissy führte ein Leben wie im Film. Erfolgreicher Job. Große Wohnung. Designerklamotten. Traummann gefunden. Hochzeit am Planen. Offensichtlich immer gut gelaunt.

Manchmal fragte Kathy sich ernsthaft, wo der Haken war.

Sie dachte immer, dass sie eine gute Freundschaft hatten. Und das war auch so, wenn sie zurückblickte. Sie kannten sich mittlerweile ein paar Jahre und hatten viel zusammen erlebt. Trennungen, neue Beziehungen, Krisen. Gute und schlechte Zeiten. Aber sie konnte sich nicht daran erinnern, jemals *wirklich* über ihre tiefsten Ängste geredet zu haben.

Falsch! DU hast nie darüber geredet. Du spielst die ganze Zeit die Coole und sagst, dass alles gut ist. Aber sieh dich doch an. Wie armselig du bist. Hör auf rumzuheulen und ändere was.

Lissy hatte gerade Platz genommen, als auch schon ein Kellner herbeieilte und ihre Bestellungen aufnahm.

»Ich nehme den Cosmopolitan«, sagte Kathy.

»Machen Sie zwei draus.«

Kaum hatte der Kellner den Tisch verlassen, fragte Lissy: »Und? Was gibt es Neues bei dir?«

»Daniel will sich endlich mit mir treffen«, antwortete Kathy verschmitzt und gleichzeitig triumphierte sie, dass Lissy im Unrecht lag, was seine Glaubwürdigkeit anbetraf.

»Was? Das sind sehr gute Neuigkeiten.«

»Wir haben zwar noch nichts Konkretes ausgemacht, aber kurz nach Beginn des Ultimatums hat er es ausgesprochen, dass er mich treffen will. Ich bin so nervös.«

»Das glaube ich dir. Also wird es ernst zwischen euch? Ich hatte bisher nicht geglaubt, dass es ihn wirklich gibt. Aber die Bedenken hatte ich damals bei Maik auch, bis er wahrhaftig vor mir stand.«

»Ich habe gemischte Gefühle …«, setzte Kathy an. »Ich hoffe so sehr, dass er real ist und nicht plötzlich eine ganz andere Person vor mir steht. Wir verstehen uns so gut, und das kann doch nicht alles gespielt sein, oder?«

»Das kann man nie zu hundert Prozent sagen, bis man sich vom Gegenteil überzeugt hat. Ich wünsche dir nichts sehnlicher, als dass du endlich von Stefan loskommst.«

Das wünsche ich mir auch.

Der Kellner kam herbei und servierte ihnen trichterförmige Gläser, welche mit einer pinken Flüssigkeit gefüllt waren, die fruchtig-süß duftete.

»Auf euer Treffen«, flötete Lissy und ließ ihr Glas klangvoll gegen Kathys prallen.

Der erste Schluck ging runter wie Sahne. Kathy hatte den ganzen Tag darauf gewartet und trank bewusst eine größere Menge.

Lissy bemerkte es. »Durst?«

»Ja, ich hatte einen miesen Tag. Ich habe so einen hochnäsigen Kollegen, der meine Autorität untergräbt und mir meinen Patienten weggenommen hat. Aber das Schlimmste ist, dass mein Vater voll auf seiner Seite steht und ich mir einfach nur noch dämlich vorkomme.«

»Was für ein Mistkerl. Warum macht er das?«

»Wir hatten mal was miteinander, und ich vermute, dass er damals mehr von mir wollte als umgekehrt. Er scheint es mir übel genommen zu haben und rächt sich nun auf seine Weise.«

»Ekelhaft. Und außerdem finde ich es bewundernswert, dass du mit deinem Vater zusammenarbeitest. Ich bin froh, wenn ich meine Eltern nur an Feiertagen sehen muss. Das reicht.« Lissy lachte.

»Ich frage mich manchmal, ob ich den richtigen Beruf gewählt habe.« Kathy merkte in dem Moment, dass sie sich die Frage immer häufiger in der letzten Zeit stellte.

»Hey, ich glaube das haben wir alle. Es gibt immer bessere und schlechtere Tage.«

»Ich habe das Gefühl, dass bei dir immer alles so gut läuft«, äußerte Kathy gespielt lachend und trank noch einen Schluck.

»Wenn du wüsstest …«, sagte Lissy und klang ernster als sonst. »Ich habe auch schlechte Tage, an denen ich verzweifelt in einer dunklen Ecke im Hof stehe, heule und heimlich eine Zigarette rauche. Glaub mir, Kathy, du bist nicht allein.«

»Glaube ich dir. Ich denke manchmal sehr egoistisch …«

»Lass dich doch nicht von einem negativen Ereignis unterkriegen. Geh deinen Weg.«

Von einem? Ha, wenn es das nur wäre.

»Du solltest Motivations-Trainerin werden.«

»Wer weiß.«

Beide lachten. Wie viel Echtheit in dieser Heiterkeit lag, war fraglich.

Eine Stunde später, und ein paar Cocktails mehr intus, schwelgten die beiden in der Vergangenheit. Plauderten über dies und jenes, alberten herum und lachten über alles Mögliche. Kathy hatte Mühe, klar zu denken und genoss den Rausch. In diesem Moment gab es keine Probleme. Das Gefühl der Zufriedenheit beschränkte sich auf etwas so einfaches wie ein trichterförmiges Glas mit einer pinken Flüssigkeit und der daraus resultierenden Sorglosigkeit.

Die Stimme im Kopf war kaum noch zu hören, aber eben nicht stumm.

Du Säuferin, flüsterte sie leise.

28

Vier Jahre zuvor

Kathy fühlte sich unwohl in ihren viel zu hohen Absatzschuhen, die für den Club ohnehin nicht geeignet waren. Als stecke sie in einer Verkleidung.

Aber sie harmonierten zu ihrem kurzen schwarzen Kleid und streckten ihre Beine optisch. Auch wenn man darüber diskutieren konnte, wie bequem das Ganze war, so fühlte sie sich sexy. Bestätigt. Sie brauchte heute unbedingt Ablenkung.

Stefan hatte sie eben verlassen. Nach fünf Jahren Beziehung einfach Schluss gemacht. Ende.

»Kathy, ich kann das nicht mehr mit uns. Wir tendieren beide in verschiedene Richtungen und das harmoniert nicht mehr so wie früher. Siehst du das nicht auch so?«

Was hatte sie schon groß antworten sollen? Sie wollte ihm nicht zeigen, wie verletzt sie war. Sie war ihm nicht wohlhabend genug. Zu billig für seine großkotzigen Golffreunde, die ständig nur damit prahlten, was sie sich alles leisten konnten. Und wer zahlte das alles? Die reichen Eltern. Eigentlich war es nur peinlich, dass sie mit Mitte zwanzig immer noch auf sie angewiesen waren.

Kathys Vater gehörte mindestens der Mittelschicht an. Als erfolgreicher Psychiater und gelegentlicher Redner auf Ärztekongressen hatte er sich einen Namen gemacht, und Kathy verwettete ihren Hintern darauf, dass er den ein oder anderen Elternteil der anderen schon behandelt hatte. Bei dem Gedanken musste sie beinahe grinsen. Aber er war es nicht, der sein Abitur verhauen hatte und daher nicht zum Medizinstudium zugelassen worden war. Das hatte sie allein verbockt. Sie wollte von niemandem abhängig sein. Weder von ihrem Vater noch von Stefan. Und auch wenn dieser immer wieder anzweifelte, was ihr der Beruf schon gab, er würde es niemals verstehen, dass es etwas Schönes war, Menschen zu helfen. Sollte er ruhig glücklich werden in der Firma seines Vaters. Bitte schön. Sie hatte lange genug sein Spiel mitgespielt. Eine Rolle in seinem protzigen Theaterstück. Mehr nicht.

»Sehe ich genauso. Pack deine Sachen, du kannst gehen.«

»Kathy …«

»Du hast alles gesagt. Ich wünsche dir ein schönes Leben.«

Sie schaute ihm nicht in die Augen. Sie spielte die Kalte. Unnahbar, um sich selbst zu schützen. Er kannte diese Seite und wusste, dass reden zwecklos sein würde.

Es war nicht so, dass sie es nicht geahnt hätte. Es kriselte schon seit Monaten. Sie waren zu routiniert miteinander, hatten aufgehört, über die essenziellen Themen zu sprechen, und es war kein Feuer mehr spürbar. Nach einer Zeit hatte auch der Sex aufgehört. Sie hatte sich alles mit ihm vorstellen können. Eine Familie zu gründen, gemeinsam alt zu werden, doch er brauchte eine perfekte Frau. Und das war sie nicht. Sie hatte ihre Beziehung innerlich schon vor Monaten aufgegeben.

Nein, sie hatte sich aufgegeben. Andere hätten diese Situation genutzt, um das Beste aus sich zu machen. Nicht jedoch sie. Sie war keine Kämpferin. Ihr fehlte der Ehrgeiz und das nötige Selbstwertgefühl.

Und trotzdem brach eine Konstante weg. Eine Sicherheit. Gewohnheit.

Während er seine Sachen packte, machte sie sich für den Abend fertig. Zog extra die Sachen an, wovon sie wusste, dass Stefan sie besonders an ihr mochte. Weiter Ausschnitt. Viel Bein. Stylte ihre Haare in dezenten Locken, legte noch mal mehr Make-up auf als sonst. Er sah es.

Sie genoss seine Blicke. Er würde schon merken, was er verloren hat. Sie würde dafür sorgen, dass er es sehen würde. Das moderne Zeitalter sei gesegnet.

Sie warf die Tür hinter sich ins Schloss.

Das Szenario im Kopf Revue passieren lassend, stolzierte sie erhobenen Hauptes auf den Club zu, in dem sie oftmals auch mit Stefan gewesen war. Eigentlich viel zu teuer für ihre Verhältnisse, aber sie kannte die Räumlichkeiten und fühlte sich dort wohl. Der Türsteher kannte sie und ließ sie direkt durch. Hinter sich hörte sie die empörten Ausrufe der Leute, die wohl schon seit Stunden in der Schlange standen. Egal. Das war ein Notfall. Sie wollte sich nur noch in das Getümmel stürzen, sich ein paar Drinks gönnen und die Sorgen wegtanzen.

Welche Sorgen? Der hat dich eh nicht verdient. Vergiss ihn.

»Hey Jeremy, mach mir mal ein paar Tequila klar«, rief sie dem Barkeeper zu.

»Mädel, was ist los mit dir?«, grinste er und schob ihr kurze Zeit später ein Shotglas zu.

»Ich bin wieder Single.«

»Darauf trinken wir, oder? So eine Braut wie du darf nicht eingesperrt sein. Vor allem nicht mit einem Deppen, wie er einer war.«

Sie lachte aufgedreht. Er leckte ihr Handgelenk an und sie seines. Dann streuten sie Salz darauf, leckten dieses ab, setzten die Gläser an und bissen mit verzogenen Gesichtern in die Zitrone.

Es fühlte sich so gut an, ungezwungen zu sein.

»Was machst du jetzt mit deiner Freiheit?«, fragte Jeremy.

»Keine Ahnung. Ich will erst mal nur abschalten, trinken und tanzen.«

»Klingt gut. Ich kann hier leider nicht weg, sonst hätte ich dich schon entführt. Aber der nächste Shot geht auf mich.« Er zwinkerte ihr neckisch zu.

Sie lachte erneut und beide wiederholten das Tequila-Ritual.

Anschließend bestellte sie sich noch einen hochprozentigen Cocktail und wollte gerade die Tanzfläche ansteuern, als sie mit einer Person zusammenstieß und ihr Getränk über sich ergoss. Gesicht und Arme trieften voll klebriger Flüssigkeit.

»Sag mal, kannst du nicht aufpassen …?«, schrie sie gegen die laute Musik, die aus den Boxen dröhnte.

»Oh sorry, das tut mir voll leid. Komm, ich gebe dir einen neuen Drink aus.«

Erst jetzt blickte Kathy hoch und schaute in zwei vollkommen akkurat geschminkte Augen. Der Lidstrich saß einfach einwandfrei. Ihre unruhigen Hände bekamen das nie hin. Nicht in einer Million Jahren. Blonde lange Haare glänzten im blauen Neonlicht. Und mit einem Mal konnte sie der Person nicht mehr böse sein, wer auch immer diese war. Sie strahlte eine solche Eleganz aus. Eine Präsenz, in der sie sich automatisch unterlegen fühlte, wobei sie nicht benennen konnte, woran das lag. Als stünde sie vor einer

Schauspielerin, die sie als Jugendliche bewundert hatte. Eine gewisse Form von Ehrfurcht.

»Schon okay«, meinte Kathy und wischte sich die Flüssigkeit vom Arm.

»Nein, komm mit. Ich gebe dir einen aus.«

Die fremde Dame führte sie in eine Lounge. Sie nickte einem Barkeeper zu und gab ihm ein Handzeichen. Scheinbar war sie hier bekannt, aber Kathy hatte sie noch nie zuvor gesehen. Oder nicht wahrgenommen, was sie sich bei der imposanten Erscheinung gar nicht vorstellen konnte.

»Ich bin Lissy«, sagte diese und streckte ihr förmlich die Hand entgegen.

»Kathy«, antwortete sie, ergriff lachend die Hand und schüttelte sie. Sie hinterließ einen klebrigen Abdruck.

»Ich mag dein Kleid voll, es tut mir echt leid, dass ich es ruiniert habe.«

»Ach, schon okay. Der ganze Tag heute ist ein Reinfall.« Kathy lachte erneut. Doch diesmal gekünstelt. Sie spürte bereits, dass sie mindestens leicht angetrunken war.

»Hey wieso? Was ist passiert?«

Und so schüttete sie ihr Herz einer völlig fremden Person aus und erzählte von der Tragödie, die sich ihr Tag schimpfte.

»Stefan ist mir egal. Er wird nie wieder so eine großartige Frau finden wie mich«, hörte sie sich selbstverliebt lallen. Lissy nickte ihr immer wieder bestätigend zu.

Wie sie später erfuhr, war diese eine angehende Anwältin und meisterte mit Bravour ihr Jura-Studium. Kathy erzählte ihr, dass sie ihre Berufung darin gefunden hätte, Psychotherapeutin zu werden, auch wenn dies einige fragende Blicke von Lissy heraufbeschwor.

»Nun gut, jedem das Seine und jedem das, was ihn glücklich macht«, war ihr Statement dazu, welches in Kathy nur wieder das Gefühl erzeugte, gesellschaftlich unterlegen zu sein.

Kurz überlegte sie, ob sie ein angesehenes Hobby erfinden sollte. Singen. Tanzen. Aber wozu?

Sie stießen gemeinsam an und tranken die frischen Cocktails.

Wie Lissy es fertiggebracht hatte, dass irgendwelche fremden Kerle die Drinks bezahlten, schrieb Kathy ihrem Auftreten und Charme zu. Sie war eine Augenweide, fiel auf und konnte wohl jeden um den Finger wickeln. Sie selbst war ebenso fasziniert von ihrer Art.

Kurz darauf verzogen sich die beiden Damen auf die Tanzfläche und bewegten sich rhythmisch zur Musik. Viele Augenpaare richteten sich auf sie.

Nach einiger Zeit ließen sie sich verschwitzt auf eine Couch fallen.

»Oh mein Gott, Kathy, ich will dich unbedingt wiedersehen. Ich glaube, wir können echt gute Freundinnen werden. Und ich habe nicht viele davon.« Kathy konnte sich kaum vorstellen, dass Lissy kaum Freunde zu haben schien. So schwamm sie auf der Welle der Euphorie mit, und beide umarmten sich herzlich. Sie tauschten ihre Nummern aus und versprachen sich ewige Treue.

Ein Versprechen, welches ohnehin niemals eingehalten würde. Sobald der Rausch abflachte, würde Lissy sie bereits vergessen haben. Kathy passte nicht in ihre schillernde Welt. Genauso wenig passte sie in Stefans Welt. Lissy wäre die perfekte Partnerin für ihn, und bei dem Gedanken kam kurzzeitig Eifersucht in ihr auf.

Aber sie sollte sich täuschen. Das Schicksal hatte ihr in diesem Moment eine wahre Freundin an die Seite gestellt.

Die Stimmung stieg mit jeder Stunde an. Ebenso der Alkoholpegel in ihrem Blut.

Sie lachten, tanzten, tranken ausgiebig. Gemeinsam zogen sie jede Menge Blicke auf sich und sonnten sich in der Aufmerksamkeit.

Irgendwann spürte sie Arme um sich. Und einen warmen Kuss an ihrem Hals. *Stefan?*

»Ich habe Feierabend. Willst du mit?«, hauchte Jeremy in ihr Ohr.

Sie drehte sich zu ihm um und küsste ihn leidenschaftlich. Lissy grinste sie wohlwissend an und nickte ihr zu, als segne sie das Vorhaben ab.

Jeremy führte sie zum Ausgang und sie verschwanden in die Nacht. Auf dem Weg zu seiner Wohnung hatte sie ihren Exfreund schon beinahe vergessen.

Als Jeremy sie ihrer Kleidung entledigte und ihren ganzen Körper erkundete, war Stefan ihrem Gedächtnis vollkommen entschwunden.

Zumindest für den Moment.

29

»Ich muss gestehen, Frau Krämer, Sie zeigen einen außergewöhnlichen Behandlungserfolg, und ich freue mich, dass wir Sie auf die offene Station verlegen können, wenn Sie sich das zutrauen.« Kathy blickte der jungen Frau ins Gesicht. Kein Vergleich zu dem blassen Wesen, dass ihr vor wenigen Wochen gegenübergesessen und keinen Ton herausgebracht hatte.

Sie hatte sich nach der Entlassung von Tim besonders intensiv um Frau Krämer gekümmert, die sich dazu entschlossen hatte, das Kind zu behalten. Kathy hatte erfahren, dass die junge Patientin gläubig war und eine Abtreibung nicht mit ihrem Gewissen vereinbaren konnte. Und dass sie Angst vor ihren Eltern hatte. Sie war bis zur Vergewaltigung Jungfrau gewesen und hatte die besorgniserregende Vermutung geäußert, dass ihr Vater sie als Lügnerin bezeichnen würde, wenn er die Wahrheit erführe. Geschlechtsverkehr außerhalb der Ehe war eine Sünde, und er würde ihr vorwerfen, dass sie nur behauptet hatte, sie sei vergewaltigt worden, um ihre körperlichen Gelüste zu befriedigen. Kathy hatte ihren Ohren kaum trauen wollen. Sie hatte noch nie Erfahrungen mit Sekten gemacht. Johanna Krämer war die erste Begegnung in diese Richtung. Dass es so etwas überhaupt noch gab in dieser aufgeklärten Welt.

Kathy und sie hatten gemeinsam Frauenhäuser herausgesucht, in denen sie Unterschlupf finden würde. Sie wollte die junge Mutter versorgt wissen und hatte ein gutes Gefühl dabei.

»Ich danke Ihnen, Frau von Bergen. Ohne Sie wäre ich nicht so weit.« Sie lächelte und man konnte ihr ansehen, wie dankbar sie war.

»Es wird kein leichter Weg, den Sie gehen müssen, aber Sie dürfen jederzeit zu mir kommen und sich Hilfe suchen«, versicherte Kathy ihr.

»Das weiß ich zu schätzen. Ich hoffe natürlich, dass das nicht nötig sein wird, aber ich danke Ihnen vielmals. Das gibt mir Sicherheit.«

Kathy unterdrückte den Wunsch, die Patientin in den Arm zu nehmen und so gab sie ihr die Hand und drückte sie fest.

Kaum hatte Frau Krämer den Raum verlassen, entließ sie die Träne aus dem Augenwinkel, die sie mühsam dort zurückgehalten hatte.

Und wieder verlierst du einen Menschen, der dir wichtig geworden ist. Erst Tim, jetzt sie …

Sie schien süchtig zu sein nach dem Gefühl, gebraucht zu werden. Noch nie hatte sie es so ausgeprägt festgestellt wie in diesem Moment.

30

Martin schloss die Eingangstür zu seinem Haus auf und schaltete zunächst die Alarmanlage aus, bevor er seinen Schlüssel an den vorgesehenen Platz neben der Tür über der antiken Kommode hängte. Susanne hatte dieses Möbelstück damals auf einem Flohmarkt gesehen und ihn angefleht, es zu kaufen. Er hatte sich zunächst geweigert, da er nicht wusste, wo um Himmels Willen sie diese in der damals engen Wohnung unterbringen wollte, und zudem gefiel ihm der Stil überhaupt nicht. Er erinnerte ihn zu sehr an das Haus seiner Großmutter, die er nie sonderlich hatte leiden können. Aber er konnte Susanne nie einen Wunsch abschlagen. Und so hatte er sich zum Kauf überreden lassen.

Die Kommode zu transportieren war eine weitere Geschichte, die ihm ein Schmunzeln bereitete. Sie waren damals mit ihrem kleinen Auto gefahren, und die Kommode hätte niemals im Kofferraum Platz gefunden, auch wenn Susanne davon überzeugt gewesen war. Also trugen sie die Kommode gemeinsam durch Bus und Bahn. Ernteten überraschte und genervte Blicke. Als sie endlich zu Hause ankamen, schmerzten seine Arme so sehr, dass er beinahe seine Fassung verlor und fluchen wollte. Doch Susanne brach in ein solch herzliches Lachen aus, umarmte und küsste ihn.

»Danke, mein Schatz. Danke.«

Irgendwie hatte sie es dann auch noch geschafft, Platz dafür in der Wohnung zu schaffen. Alles, was sie unternahm und veränderte, sorgte für Gemütlichkeit und Wärme. Er hatte sich nie von dem Möbelstück trennen können. Auch wenn er sich mit dem Stil immer noch nicht wirklich identifizieren konnte, war es auf seine eigene Weise schön.

Sein erster Gang war der zu seiner Minibar im Wohnzimmer. Er hatte Verlangen nach einem kräftigen Schluck Whiskey auf Eis. Er mochte den rauchigen Geschmack der Flüssigkeit und gelegentlich gönnte er sich sogar mal eine Zigarre dazu.

Er ließ sich auf die große Couch fallen. Die Einsamkeit hallte von den Wänden und füllte die langen Flure.

»Ich vermisse dich, mein Liebling«, flüsterte er leise in der Hoffnung, eine Antwort zu bekommen.

Immer öfter in letzter Zeit suchte er bewusst die Stille auf, um mit Susanne zu sprechen. Doch die Unterhaltung war ein einziger Monolog seinerseits. Keine Antwort. Er wusste, dass es gefährlich war, *wenn* man begann, Stimmen zu hören. So weit war er noch nicht, aber er fühlte sich mit jedem Tag dem Wahnsinn näher.

Man sollte sein Glück niemals von einem anderen Menschen abhängig machen. Dann, so wusste er aus Erfahrung, begann auch die eigene Existenz in sich zusammenzustürzen, im Falle des Ablebens des anderen. Hätte er Kathy damals nicht gehabt, so wäre er Susanne gefolgt. Seinem Sonnenschein.

Stattdessen half er tagtäglich psychisch erkrankten Menschen, befreite sie von ihren dunklen zerstörerischen Gedanken, während seine ihn immer mehr aufzufressen drohten.

Er spürte immer wieder, dass seine Tochter den Kontakt zu ihm suchte. Dass sie sich nach seiner Nähe und Zuwendung sehnte. Ihr nicht geben zu können, was sie brauchte, machte ihn hilflos. Doch wenn er in ihre Augen blickte, sah er Susanne vor sich. Und das schmerzte ihn jedes Mal aufs Neue. Kathy war das Ebenbild ihrer Mutter.

31

Kathy, Kathy, Kathy. Bald ist es so weit. Du bist vollkommen in meinem Netz gefangen und du merkst es nicht einmal. Du stehst auf der Position des Spielbrettes, wo es egal ist, welchen Zug ich tätige, denn du hast bereits verloren. Schachmatt!

Ich kann es kaum abwarten. Unser Date wird ein wenig später stattfinden, aber das wirst du noch erfahren. Noch bist du zu sicher und vernetzt. Ich muss dich noch mehr in die Ecke treiben, sodass du allein stehst. Unfähig, Hilfe anzunehmen, weil du ihnen sonst die peinliche Wahrheit erzählen müsstest. Die nur du und ich kennen. Die Lügen.

Du sollst so einsam sein, wie ich es war. Ich will sehen, wie du dich in meinem klebrigen Netz windest, um festzustellen, dass du verloren hast.

Und ich will sehen, wie du reagierst, wenn du realisierst, wer ich bin.

Mir gehen so viele Formulierungen durch den Kopf, die ich mir für die nächste Nachricht ausgedacht habe, aber alle sind zu deutlich. Zu schnell. Zu verräterisch. Ich kann meine Abneigung gegen dich nicht länger überspielen, aber ich muss, wenn mein Plan Erfolg haben soll.

Bis dahin bin ich dein Traumprinz »Daniel«. Und wie du ihn vergötterst. Ich spüre es.

Wie du bereits im Geiste dein Brautkleid planst. Wie du unser Haus dekorierst. Wie du dir vorstellst, mit mir zu schlafen. Womöglich Kinder zu zeugen. Die Ironie dabei ist grenzenlos pervers und mir wird übel. Aber das war meine Idee, und für das größere Ganze biete ich Ihnen, liebe Zuschauer, eine oscar-reife Darstellung.

Nur noch für eine kurze Zeit muss ich mich zusammenreißen. Bald ist es geschafft und ich kann meine Maske ablegen.

Das Finale ist noch offen. Ich bin unentschlossen, ob ich dich am Leben lasse. Wobei die Alternative auch nicht die Bezeichnung Leben verdient. Der Gedanke daran zaubert mir ein Grinsen ins Gesicht.

Ich allein stehe in der Position, Macht auszuüben. Das hier ist mein Spiel. MEINS.

Ja, meine Liebe. Du hast sogar ein persönliches Buch. Da steht der vollständige Plan drin. Von der Idee über die ersten Gehversuche des Projektes bis zum heutigen Tage. Vollgestopft mit Fotos, Kritzeleien.

Wir befinden uns mitten im Hauptteil, meine Schöne. Danke, dass du so gut mitspielst. Ich bin so gespannt auf dein Gesicht, wenn du erkennst, WER ich bin. Ja, wir kennen uns. Du und ich.

Ich habe dich längst durchschaut. Menschen wie du sind so einfach zu lesen.

ICH könnte jeder sein und wurde schon längst in dein Leben integriert, ohne dass du es bemerkt hast. Ob es sich dabei um eine kleine Nebenrolle oder einen Hauptcharakter handelt, wirst du sehen.

Ich hake das Kästchen hinter »Phase 1« schwungvoll ab.

Ich hoffe, ich konnte Sie, liebe Zuschauer, schon ein wenig überzeugen, dass ich hier nicht der Irre bin. Ich möchte Ihnen die Tiefe der menschlichen Psyche und die Verlogenheit einer Gesellschaft aufzeigen anhand des Fallbeispiels **Kathy von Bergen.**

32

Es ist dunkel. So dunkel. So viele Bilder stürzen auf sie ein. Bilder, die sie nicht zuordnen kann. Sie sieht einen Schatten. Hört eine Stimme. So bekannt und doch so fremd. Sie sagt sich selbst, dass sie keine Angst haben soll. Das alles gut sei. Dass alles so sein muss.

Aber sie hat Angst. So große Angst. Denn etwas passiert hier und das ist nicht so, wie es sein soll. Sie schreit. Ganz laut, doch der Schatten hält ihr den Mund zu.

Der Schatten überwältigt sie. Und die Wände schauen zu, während sie sich unter Schmerzen windet. Im stummen Flehen ruft sie nach ihrer Mutter.

Kathy erwachte schweißgebadet. Der Traum war ihr nicht neu. Er war ihr mehr als vertraut. Er spielte sich wie eine schlechte Werbung regelmäßig ab. Das Fatale war, dass sie genau wusste, was er bedeutete.

Aber das ist doch schon so lange her. Warum habe ich immer noch damit zu kämpfen?, fragte sie sich selbst.

Weil du nie darüber gesprochen hast. Weil du verdrängt hast, was dir widerfahren ist.

Jahrelang war sie vor der Wahrheit davongelaufen. Hatte sich abgelenkt. Einen Sinn im Leben gesucht, aber nicht gefunden. Außer in ihrer Arbeit.

Doch das Schlimmste war, dass sie sich eingestehen musste, dass sie ein Opfer war. Opfer einer Gewalttat. Verletzt und missbraucht. Ein schwacher Mensch, der es nicht geschafft hatte, sich zu wehren.

Ihre Existenz beruhte auf für sie nicht nachvollziehbarem Fundament. Woran hielt sie noch fest? Alles, was Sicherheit bot, brach ihr mit rasender Geschwindigkeit weg. Ihren Vater hatte sie schon lange verloren und trotzdem verbrachte sie so viel Zeit damit, ihm nachzulaufen und seine Aufmerksamkeit zu erlangen. Lissy hatte anderes im Sinn, und ansonsten verblieben ihr nur noch oberflächliche Bar-Bekanntschaften, ihre Arbeit und ihre Patienten.

Und was ist mit Daniel? Hast du ihn schon aufgegeben?

Kein Wunder, dass sie so an Tim festgehalten hatte. Er war ihr wie ein Bruder gewesen und sie fragte sich, was er wohl gerade machte.

Oder Johanna Krämer, die vergewaltigt und dadurch geschwängert worden und nun ungeplant dem Mutterdasein ausgesetzt war.

Oder die ältere Dame, die unter Schlafstörungen litt und allein mit ihren Katzen in einer verwahrlosten Wohnung hauste. Einsam und vergessen. Kinderlos.

Oder Adam, der ihr das Messer ins Bein gerammt hatte.

In dem Moment realisierte sie, dass alle diese Patienten Teile ihrer Persönlichkeit darstellten.

Außer, dass sie nicht das Bedürfnis verspürte, jemandem ein Messer in das Bein zu rammen. Höchstens sich selbst.

Alles kaputte Seelen wie sie. Nur dass sie diejenige war, die mit Zettel und Stift auf der anderen Seite saß.

Heuchlerin. Lügnerin. Du bist so armselig.

33

Die Sonne durchflutete den Warteraum des Landhauses. Zwar hatte sie sich fest vorgenommen, die Therapie nicht fortzusetzen, aber was hatte sie noch zu verlieren?

Kathy hatte sich in eine Klatschzeitschrift vertieft, als sich das Behandlungszimmer öffnete und ein junger Mann heraustrat. Er beäugte Kathy so intensiv, dass es ihr unangenehm war. Sie hatte ihn schon öfter hier gesehen. Meist war er vor ihr dran oder saß still im Warteraum, wenn sie herauskam. Jedes Mal fühlte sie sich unwohl in seiner Gegenwart. Er strahlte eine Verstörtheit und Kälte aus, eine Art Wahnsinn, der ihr in der Klinik immer wieder begegnete. Und jedes Mal fragte sie sich, was diesen Menschen nur widerfahren war, dass sie so geworden waren. Konnte man ihnen überhaupt helfen?

Zugleich wollte sie sich kein Urteil erlauben, wenn sie sich doch selbst im freien Fall befand, um demnächst am Boden des Irrsinns aufzuschlagen. Wenn sie nicht schon dort gelandet war und mühsam versuchte, sich aufzurichten. Nur um immer wieder zu scheitern.

Der junge Mann huschte, ihr noch einen letzten dunklen Blick zuwerfend, aus der Tür. Sie wollte sich gerade den Kopf darüber zerbrechen, was dieser ihr wohl sagen sollte, als Frau Dr. Kerth sie auch schon hereinbat.

Doch als sie das Zimmer betrat, konnte sie das unwohle Gefühl, dass ihr der Fremde gab, nicht abschütteln.

Kathy steuerte den Stuhl ohne Armlehnen an. Er war noch warm, und irgendwie war es seltsam zu wissen, wie viele Menschen wohl hier schon gesessen haben mussten und noch sitzen würden.

Unter anderem auch der junge Mann von eben. Mit einem Mal war es ihr zuwider, auf diesem Stuhl zu sitzen.

Sie stand auf und wählte den anderen noch verbleibenden Stuhl. Hatte er hier auch schon gesessen?

Der Gedanke machte sie unruhig. Aber stehen konnte sie auch nicht. Sie wollte nicht paranoid erscheinen, also blieb sie einfach sitzen.

»Schön, dass Sie hier sind«, begrüßte Dr. Kerth sie. Hatte sie geahnt, dass Kathy nicht wiederkommen wollte? Hatte sie gesehen, wie sie förmlich zwischen den Stühlen gestanden hatte?

»Haben Sie daran gezweifelt?«, zwinkerte Kathy, obwohl ihr nicht nach Scherzen zumute war.

Was lieferst du denn hier für eine Show? Benimm dich. Reiß dich zusammen.

»Sagen Sie es mir.«

Du kannst dich jetzt dumm stellen oder auspacken. Deine Entscheidung. Willst du, dass sich was ändert?

»Woher wussten Sie das?«, fragte Kathy zögerlich und sichtlich eingeschüchtert.

Dr. Kerth lächelte mütterlich. Sie wirkte wie eine weise Zauberin, nur ohne Glaskugel. Vielleicht versteckte sie diese aber auch im Nebenzimmer. Kathy war sich da nicht so sicher.

»Die Augen sind der Spiegel der Seele, und ich sehe viel in Ihren Augen. Angst, Unsicherheit, Trauer, Wut.« Ihre tiefe Stimme wirkte hypnotisierend auf Kathy. Und so kam es, dass sie einfach drauflos erzählte.

»Ich habe seit kurzem Albträume. Ich dachte mir zunächst nichts dabei, aber letzte Nacht hatte ich wieder den gleichen Traum und als ich wach wurde, ist mir bewusst geworden, dass ich den Traum kenne.«

Die Untertreibung des Jahres. Verschweige ihr ruhig, dass du von diesem Traum seit **damals** *regelmäßig heimgesucht wirst. Es wird dich auffressen, wenn du nicht endlich mit der Wahrheit rausrückst. Das weißt du.*

»Wollen Sie mir den Traum beschreiben?« Die Therapeutin hatte ihr mit Sicherheit nicht die Lügen aus der letzten Sitzung abgekauft, doch sie sagte nichts dazu.

Kathy gab den Traum insoweit wieder, wie sie ihn vergangene Nacht erlebt hatte. Eine Kälte strahlte aus ihrem Inneren heraus, überzog ihre Knochen und ließ sie am ganzen Körper zittern.

Dr. Kerth notierte hektisch. Ihr Blick wirkte ruhig, doch irgendwie lag auch ein gewisses Maß an Anspannung darin, und das machte Kathy nervös. Es bestätigte, was sie dachte. Ein Aha-Moment. Sie war psychisch krank. Sie brauchte Hilfe.

Nicht schon wieder.

»Vielen Dank, dass Sie mir davon berichten«, sagte Dr. Kerth anschließend und blickte sie wieder mütterlich über ihre Brille hinweg an. »Ist es Ihnen schwergefallen, darüber zu sprechen?«

»Mir fällt es generell schwer, über *meine* Befindlichkeiten zu sprechen … Normalerweise höre ich mir sie nur an.« Sie begutachtete ihre künstlichen Fingernägel, als läge dort die Antwort auf all ihre Fragen. Sie musste dringend wieder ins Nagelstudio. Die rote Farbe war bereits weit herausgewachsen und das störte ihr Ordnungsempfinden. Sie hatte sich wohl ein wenig gehen lassen in der letzten Zeit.

»Ich bin überzeugt, dass Sie heute einen wichtigen Schritt in Richtung Heilung gegangen sind. Aber ich bitte Sie trotzdem inständig, vor allem ehrlich mit sich selbst zu sein. Und falls es Sie beruhigt, ich kenne viele Therapeuten, die selbst in Behandlung sind. Häufig ist das genau der Grund, warum sie sich für diesen Beruf entschieden haben. Um sich zu verstehen und die Welt besser zu machen. Da ist nichts Verwerfliches dabei.«

»Ich weiß …«, Kathy war nun fast wütend. Aber nicht auf Dr. Kerth, sondern auf sich selbst.

Nun stand sie doch auf und lief in dem kleinen Zimmer auf und ab. Der Blick der Ärztin folgte ihr.

»Ich habe Psychologie studiert, ich kenne die Anzeichen für ein Trauma, aber ich kann mir nicht erklären, warum.«

Haha. Lügnerin. Du weißt doch, was passiert ist. Wen willst du schützen? Ihn? Dich?

Dr. Kerth hatte sich durch ihren kleinen Wutausbruch nicht aus der Fassung bringen lassen, sondern reagierte besonnen. »Die Antwort liegt dort oben in Ihrem Kopf. Dieser mag vielleicht noch zugepackt sein mit anderen Erinnerungen, aber gemeinsam schaufeln wir ihn frei und räumen auf. Und dass Sie vom Fach sind, ist eine Ressource. Aber seien Sie vorsichtig mit sich. Sie wissen, dass so etwas Zeit braucht. Geben Sie sich die Zeit. Ich möchte, dass Sie bis zum nächsten Mal aufschreiben, wenn Sie einen Albtraum hatten, sowie die Emotionen und körperlichen Symptome, die damit einhergehen, und wir werden uns das dann genauer ansehen. Für heute ist die Stunde leider vorüber.«

Kathy stand auf. »Danke, Dr. Kerth. Ich bin Ihnen sehr verbunden.« Von der Angst war nicht mehr ganz so viel zu spüren, und sie verließ geraden Schrittes den Raum.

Erst draußen im Flur, den Blicken ihrer Therapeutin entflohen, atmete sie tief ein und aus.

Fühlst du dich nun befreiter? Hör mal auf zu trinken und denke nach.

Erinnere dich. Erinnere dich genau. Erinnere dich an IHN.

34

Als die Patientin den Raum verlassen hatte, stand die Therapeutin auf und ging hinüber zu ihrem schweren Schreibtisch aus Massivholz, auf welchem ihre Kaffeemaschine stand. Sie goss sich eine Tasse ein und trank einen kräftigen Schluck der tiefbraunen Flüssigkeit. Immer wieder schüttelte sie den Kopf, als sie auf die Notizen herabschaute, die sie während der Behandlung gemacht hatte.

Armes Mädchen, dachte sie.

Es tat ihr immer selbst im Herzen weh, wenn sie die Ursache einer aktuell auftretenden Symptomatik aufdeckte und mit ihren Vermutungen recht behielt. Die Welt war grausam.

Und diese Grausamkeit war leider verlässlich. Niemand vermochte sie aufzuhalten. Auch sie nicht. Denn jedes Mal, wenn sie einer verstörten Seele helfen konnte, wurde im gleichen Moment irgendwo eine neue zerstört.

Als sie aus dem Fenster schaute, sah sie ihre Patientin nervös rauchend auf dem Gehweg stehen.

35

Hocker. Benzin. Lack. Papier. Die Buchstaben vereinen sich zu einem Satz.

Man kann ihn nun deutlich lesen:

Es tut mir leid.

36

Ich sehe, dass du immer öfter zu deiner Therapeutin rennst. Ja, ich weiß das. Ich habe gut recherchiert. Frau Dr. Kerth. Gute Frau. Ich nehme an, du willst nicht, dass irgendjemand weiß, dass DU eigentlich in die Klapse gehörst, anstatt die Therapeutin zu spielen. Wie verrückt ist das?

Ich weiß, was als nächstes kommen wird. Sie wird dir deine Vorstellung abkaufen und dir damit deine Lügen bestätigen. Aber so wie ich dich kenne, bist du überzeugend. Du willst nur eine Rechtfertigung für deine Falschheit. Noch dazu von einer professionellen Ärztin.

Eigentlich sind wir beide uns sehr ähnlich. Wir beide sind Meister darin, eine fiktive Person zu erschaffen. Aber im Gegensatz zu dir spiele ich diese Rolle nur auf Zeit und du dein Leben lang.

Oder hast du dir die Lüge so oft erzählt, dass du sie mittlerweile selbst glaubst?

Ich bemitleide dich fast. Wie einsam musst du sein?

Eigentlich tue ich dir einen Gefallen, wenn ich dich beende. Deine Existenz hat keinen Sinn. Du plagst dich doch nur. Also genau genommen bin ich nicht nur dein Richter, sondern auch zeitgleich dein Retter.

Ein Paradoxon, was mir durchaus gefällt.

Aber für den Charakter Daniel sind vorerst keine Szenen mehr im Skript vorgesehen.

Vielleicht erwecke ich ihn noch mal zum Leben.

Daniels Rolle war ursprünglich nicht Bestandteil meines Spiels gewesen, aber ich dachte mir, es könnte eine gute

Möglichkeit sein, dich näher kennenzulernen, dich einzuwickeln. Dir den Glauben und die Hoffnung an die große Liebe zu geben, damit der Schmerz umso größer würde, wenn er plötzlich nicht mehr da ist.

Eine Simulation von Trauer.

Daniel ist die Person, die ich geworden wäre, wenn du nicht gewesen wärst.

37

Damals

Martin saß gedankenverloren auf der Couch im Wohnzimmer. Er wusste bereits, dass er Susanne verloren hatte. Sie kämpfte sich nur noch mühsam ab, aber ihre Tage waren gezählt. Er ertrug den Anblick nicht, wie sie abgemagert und kahl im Pflegebett unter der Wirkung von Morphium lag, um die Schmerzen auszuhalten.

Am liebsten würde er sich selbst eine ordentliche Portion davon injizieren, nur um nichts mehr fühlen zu müssen.

Seine Gedanken wanderten zu Kathy. Ihrer gemeinsamen Tochter. Eine kleine zarte Blume, die zu hegen und pflegen er sich nicht zutraute.

Susanne war seine Stärke gewesen, aber diese Stütze würde mit ihrem Tod wegfallen und er wäre allein mit der Situation. Witwer. Alleinerziehender Vater. Psychiater.

Er würde etwas falsch machen. Er spürte das. Er konnte für nichts garantieren. Er hatte schon überlegt, ob er Kathy zu seinen Eltern geben sollte, damit sie ordentlich aufwuchs. Sie hatten ihm zumindest ihre Unterstützung angeboten.

Er hatte keine Ahnung, wie er sich verhalten sollte.

Er war gänzlich überfordert, schlug die Hände vor das Gesicht und weinte. Starkes Schluchzen erschütterte seinen ganzen Körper. Noch nie hatte er sich so ohnmächtig gefühlt wie in diesem Moment. Was nütze ihm sein Doktortitel, wenn er seine geliebte Frau nicht retten konnte?

Die Dunkelheit, die seine Frau dahinraffte, griff auch nach seiner Hand und drohte, ihn mit sich zu reißen.

38

Hey Daniel.
Ich habe lange nichts mehr von dir gehört und wollte mal fragen, ob es dir gut geht? Ich denke an dich und freue mich darauf, dich bald zu sehen.

39

Jetzt sind drei Tage vergangen.
Sorry, dass ich so ungeduldig bin, aber so langsam mache ich mir Sorgen. Alles okay bei dir? Melde dich bitte, wenn du Zeit hast.

40

Okay, ich glaube, du warst zu schön, um wahr zu sein. Ich wünsche dir alles Gute. Bye.

41

Sorry, das war nicht so gemeint.
Ich vermisse die Unterhaltungen mit dir …

42

Okay.
Scheinbar willst du nicht mehr …

43

Bye. Bye.
Das war es jetzt von meiner Seite.
Kathy

44

Als Kathy an jenem Morgen die Station betrat, spürte sie sofort, dass etwas nicht stimmte. Die Blicke ihrer Kollegen und mancher Patienten bohrten sich durch ihren Rücken, doch niemand schien das Unausgesprochene aussprechen zu wollen.

Dass ausgerechnet Jan Ziegler das Wort brechen würde, erschien ihr seltsam.

Er nahm sie mit einem ernsten Blick beiseite, bevor sie überhaupt ihr Büro aufschließen konnte, und führte sie in seines. Es war kleiner als ihres. Aber dennoch stilvoll eingerichtet. Sie war überrascht.

Was war hier los?

Wahrscheinlich haben die anderen auch endlich bemerkt, wie krank du bist. Sie haben sicher gemerkt, dass du dauernd rauchen gehst und mit dem Druck hier nicht klarkommst.

Wahrscheinlich hast du sogar eine Fahne.

Du bist zu schwach für diesen Job. Du bist selbst ein Psycho.

»Kaffee?«, fragte Jan und riss sie damit aus ihren Gedanken.

»Äh, gerne.«

Er reichte ihr eine Tasse mit der dampfenden Flüssigkeit.

»Setz dich lieber hin«, befahl er ihr beinahe freundlich, und die Anspannung war kaum auszuhalten.

»Was ist denn los?«, fragte sie und lächelte nervös. Sie nahm auf dem Stuhl gegenüber seines Schreibtisches Platz, während er sich an diesen lehnte.

»Ich wollte es dir lieber persönlich sagen, bevor du es anderweitig erfährst.«

»Mein Gott, Jan, jetzt mach es nicht so spannend. Sag endlich, was los ist.«

»Johanna Krämer hat sich auf der offenen Station das Leben genommen.«

Kathy wich schlagartig alle Farbe aus dem Gesicht und ein kalter Schauer durchfuhr sie. Beinahe hätte sie ihre Tasse fallen gelassen, und so stellte sie diese auf dem Schreibtisch ab, ohne auch nur einen Schluck davon getrunken zu haben.

»Wie … wie hat sie es … getan?«

»Willst du das wirklich wissen?«

»Ja.«

»Sie hat sich die Pulsadern aufgeschnitten und im Bad eingeschlossen. Leider wurde sie zu spät gefunden.«

Die Frage, wie sie an entsprechendes Material gekommen war, erübrigte sich, da die Patienten auf der offenen Station Freigang hatten und in dieser Zeit ohne Aufsicht Besorgungen erledigen konnten. Auch wurden die Einkäufe nicht kontrolliert, da es Privateigentum war.

»Das war ihr Plan gewesen …«, murmelte Kathy.

»Was?«

Jan schaute sie an, als habe sie darüber Bescheid gewusst.

»Sie hat sich in den letzten Wochen gut gezeigt. Jede Behandlung vorbildlich mitgemacht, über die Zukunft geredet … Dabei war es nur ihr Plan gewesen, auf die Offene zu kommen, um es zu beenden.«

»Du konntest es nicht wissen, Kathy«, sagte Jan mitfühlend und legte ihr seine Hand auf die Schulter. Die Geste fühlte sich, nach allem, was zwischen ihnen beiden vorgefallen war, einfach falsch an und sie stand auf.

Bevor sie das Zimmer verließ, drehte sie sich noch einmal um. »Danke, dass du es mir persönlich gesagt hast.« Sie meinte es aufrichtig.

Dann ging sie.

Du hättest es sehen müssen. Du hättest es verhindern können. Wenn du dich mehr angestrengt hättest, genauer hingesehen hättest, dann wäre sie noch am Leben.

45

Kathy blickte auf die sechs letzten Nachrichten im Chat, die sie in einem Akt der Verzweiflung, gepaart mit Alkohol, verfasst hatte.

Na großartig. Jetzt hast du ihn auch noch vertrieben. Was kannst du eigentlich?

Geräuschvoll stellte sie ihr Weinglas auf den Tisch, sodass sich die tiefrote Flüssigkeit wie Blut über diesen ergoss und langsam zu Boden tropfte. Die Enttäuschung traf sie heftiger als gedacht. Wie schnell man sich doch blenden ließ.

Falsch. Wie schnell DU dich blenden lässt. Ich habe dich die ganze Zeit gewarnt, aber du wolltest ja nicht hören.

Plötzlich musste sie an den jungen Mann denken, mit dem sie vor einiger Zeit ausgegangen war, dem sie jedes Wort aus der Nase hatte ziehen müssen. Wenigstens war er real gewesen, auch wenn sie an seiner Dachterrasse gezweifelt hatte.

Womöglich war Daniel doch nur ein Perverser, der sich hinter falschem Namen und Bild versteckte, um Frauen zu klären oder einfach nur zu verarschen. Ein notorischer Lügner oder Heiratsschwindler.

Sie nahm sich vor, ihn schnell zu vergessen. Und schimpfte sich selbst, dass sie Lissy schon davon erzählt hatte. Nun musste sie vor ihr zugeben, dass man sie hintergangen und ausgenutzt hatte, während ihre beste Freundin alles zu haben schien und gerade ihre Hochzeit plante. Kathy schämte sich, war wütend und verfluchte Daniel.

»Fick dich einfach! Fick dich! Fick dich! FICK DICH!!!!!«, schrie sie und schlug gegen die Wand.

Sie hasste ihn in diesem Moment dafür, dass er mit ihren Träumen und Wünschen gespielt hatte. Und mit dem letzten bisschen Hoffnung, dass noch in ihr vorhanden gewesen war. Dass er ihr das Gefühl gegeben hatte, geliebt werden zu können.

Das letzte Mal geliebt gefühlt hatte sie sich, als ihre Mutter noch lebte. Seitdem sie nicht mehr da war, hatte sie nach Ersatz gesucht, aber niemand und nichts füllte diese Leere in ihr. Sie fühlte sich in dem Moment so einsam wie nie zuvor und fing an zu weinen.

Kraftlos ließ sie sich an der Wand herunterrutschen.

Der harte Boden fing sie auf und hielt sie.

In dem Moment hatte sie das innige Bedürfnis, Lissy anrufen und ihr alles zu erzählen, aber die Scham überwog.

Die Wut und der Schmerz der Verletzung drohten sie zu übermannen.

Es war an der Zeit, dass sie ihr Leben selbst in den Griff bekam, doch jeder Tag, der verstrich, zeigte ihr nur einmal mehr, dass ihr die Kontrolle völlig entglitt. Und sie wusste nicht, warum es das Schicksal so böse mit ihr meinte.

Was hatte sie getan, um dergleichen zu verdienen?

Das Leben war nicht fair. Manchen fiel alles einfach in den Schoß, während sich andere mühsam abrackerten, um auch nur einen Krümel vom Kuchen abzubekommen. Und ihr wurde permanent alles genommen. Angefangen bei ihrer Mutter. Ihr Vater war seitdem auch nicht mehr für sie da. Ihre erste und letzte große Liebe Stefan hatte sie verlassen, und Lissy gehörte bald der verheirateten Gesellschaft an. Und zu guter Letzt Daniel. Oder wer auch immer dieser Fremde war, dem sie bereit gewesen war, ihr Herz zu schenken. Sie schämte sich zutiefst und ein gewisser Ekel überkam sie. Vor ihr selbst.

Was blieb ihr noch unterm Strich? Ihr Job. Und die Wochenenden, an denen sie sich in eine andere Version ihrer selbst verwandeln und dem Leben entfliehen konnte.

Sonnige Aussichten.

Kathy fühlte sich apathisch und taub.

Halb angetrunken stand sie auf und schlurfte in die Küche. Das, was sie suchte, glänzte im Mondlicht, welches sich durch das Fenster hereinstahl.

Es ist so einfach. Die Lösung ist doch so einfach.

46

Daniel gibt es nicht mehr, meine Liebe.

Auch wenn du ihm noch so sehr schreibst, er wird nicht antworten. Daniel ist tot. Zumindest die Version, die er spielte. Die Version, in die du dich offenbar verliebt hast.

Aber es ist so befriedigend, dich leiden zu sehen.

Ja, ich sehe dich.

Ich sitze nicht weit von deinem Haus mit meinem Fernglas und beobachte amüsiert, wie sich Wut und Trauer abwechseln.

Ich sehe, wie du kaputt gehst, zerbrichst. Besser, als ich es mir hätte ausmalen können.

Warte … was machst du? … NEIN! Leg das weg. Nein!!!

Das habe ich anders geplant.

STOP!!!

47

Kathy erwachte mit heftigen Kopfschmerzen auf dem Fußboden des Wohnzimmers liegend. Weinglas und Weinflasche standen leer auf dem Tisch.

Daher also die Kopfschmerzen, schlussfolgerte sie und raffte sich mühsam auf.

Erleichtert realisierte sie, dass es Wochenende war, denn es war bereits nach zehn Uhr und sie hatte keine Nachrichten auf dem Handy.

Samstag.

Plötzlich fuhr ein brennender Schmerz durch ihren linken Arm. Als sie den Ärmel umkrempelte, sah sie einen sauberen Verband an ihrem Unterarm.

Was ist passiert?

Zunächst dachte sie, sie befände sich noch im Schlaf, aber der Schmerz war zu real. Sie träumte nicht.

Bilder schossen ihr in den Kopf. Küchenmesser. Gelb … Nein, das war das Messer gewesen, was Adam ihr ins Bein gerammt hatte.

Ihr Küchenmesser. Ein silbernes mit feiner Klinge. Im Mondlicht glänzend.

Sie taumelte in die Küche. Es klemmte unschuldig im Messerblock. Strahlend sauber.

Sie schaute unruhig zwischen Messer und Arm hin und her. Sie musste sich wohl geschnitten haben.

Warum hatte sie das Messer dann noch fein säuberlich gereinigt und an seinen Platz zurückgesteckt?

Sie löste den Verband Schicht für Schicht und legte eine

frische Schnittwunde frei. Nicht sehr tief, aber trotzdem nur schwer zu verstecken.

Für einen unbeabsichtigten Küchenunfall war die Wunde zu präzise und vor allem zu weit oben. Meist schnitt man sich beim Gemüse schneiden in den Finger oder in die Hand, nicht jedoch in die Region, unter der die Pulsadern lagen.

Was ist in dich gefahren? Ich dachte, das wäre vorbei …

Kathy strich mit den Fingern über längst verblasste und nicht mehr sichtbare Narben auf der Unterseite ihres linken Oberarmes. Warum sie grundsätzlich den linken Arm gewählt hatte, konnte sie nicht genau sagen. Womöglich nur der Tatsache geschuldet, dass sie Rechtshänderin war.

Doch das Gesamtbild war seltsam. Sie hatte einen Filmriss. Sie wusste nur noch, dass sie aufgestanden und in die Küche getaumelt war.

Mondlicht.

Dann war sie auf dem Fußboden aufgewacht.

Gänzlich verwirrt begann sie, dass von ihr am Vorabend verursachte Chaos im Wohnzimmer zu beseitigen.

Als sie die Krümel vom Tisch fegen wollte, bemerkte sie einen Zettel, an den sie sich ebenso wenig erinnern konnte wie an die vermeintliche Selbstverletzung.

SO NICHT! stand in dicken schwarzen Großbuchstaben darauf. Das war nicht ihre Handschrift.

In diesem Moment traf es sie wie ein Schlag. Jemand war hier gewesen. Jemand hatte sich unbefugten Zutritt zu ihrer Wohnung verschafft. Hatte diese Person das Messer weggeräumt und sie verarztet? Oder hatte die Person sie verletzt? Was geschah hier?

Angst kommt nicht leise angeschlichen, tippt einem nett auf die Schulter und entschuldigt sich, weil sie nach dem Weg fragen muss. Angst schlägt einem direkt in den Bauch, sodass die Innereien zerquetscht werden und man nicht mehr atmen kann. Angst ist brutal und vorsätzlich.

Noch nie im Leben hatte die Angst so stark zugeschlagen wie jetzt.

48

Kathy öffnete den Briefkasten, als sie montags nach ihrem Dienst nach Hause kam. In den Händen hielt sie einen beigen Umschlag. Teures Papier. Sie wusste genau, was das bedeutete.

Es war die Einladung zu Lissys und Maiks Verlobungsfeier. Sie öffnete den Umschlag behutsam und blickte direkt auf das klassische Verlobungsfoto, dass sie schon ungefähr tausendmal auf Social Media gesehen hatte.

Maik hielt seine bald Angetraute eng umschlungen, schaute sie verliebt von der Seite an, während sie siegessicher ihre linke Hand mit dem funkelnden Ring in die Kamera hielt und gespielt verlegen grinste.

SAFE THE DATE.

Gib es zu, dass du es verabscheust. Gib einmal ehrlich zu, was du fühlst. Du bist neidisch. Du willst ein Leben wie sie führen, geliebt werden.

Doch was sie in diesem Moment viel mehr beschäftigte, war die Tatsache, dass sie nicht wie geplant ihr ärmelloses Kleid zur Feierlichkeit tragen konnte. Es sei denn, sie wollte alle Blicke auf ihren verletzten Unterarm lenken und somit der angehenden Braut die Show stehlen.

Sie hatte noch vier Wochen und hoffte, der Arm wäre bis dahin verheilt.

So oder so. Die Narbe wird trotzdem sichtbar sein. Jeder wird sehen, wie krank du bist. Psycho.

Noch immer gruselte sie der Gedanke, dass jemand in ihrer Wohnung gewesen war, doch sie war sich mittlerweile nahezu sicher, dass das nur ein Produkt ihrer überreizten Fantasie gewesen war.

Womöglich hatte sie sich noch einen Snack zubereitet und dabei geschnitten und wahrscheinlich hatte sie aus irgendeinem ihr nicht nachvollziehbarem Grund heraus diese Nachricht an sich selbst geschrieben. Wenn sie unter Alkoholeinfluss ganze Szenarien vergaß, war es sehr wahrscheinlich, dass auch ihre Handschrift sich unter Alkohol verändern konnte.

Sicher? Oder willst du dich nur selbst beruhigen?

Mit einem Mal hatte sie ein unbändiges Verlangen nach einer Zigarette. Sie holte die Packung aus ihrer Handtasche und zündete sich eine an.

Dass sie sich noch immer im Wohnzimmer befand und nicht wie üblich die Terrasse dafür aufsuchte, störte sie wenig. Ihr Leben entglitt ihr ohnehin immer mehr, da war es ihr gleichgültig, ob der Geruch im Raum haften blieb.

Sie aschte in die leere Kaffeetasse, die noch auf dem Tisch stand und blies den bläulich schimmernden Rauch in den Raum, wo er sich wie in Zeitlupe auf die Zimmerdecke zubewegte, um dort zu verschwinden.

Montag. Die Woche hatte nicht mal angefangen und sie hatte schon keine Lust mehr.

Das Wetter passte zu ihrem Gemüt. Die Wolken hingen schwer und dunkel am Himmel, gewillt, sich jeden Moment zu entleeren und die Welt ertrinken zu lassen.

Was war in der letzten Zeit passiert, dass sie so unglücklich und verbittert geworden war? War es nur dem Umstand geschuldet, dass Lissy sich verlobt hatte? Ihre beste Freundin, die sie vier Jahre kannte. Noch nie hatte sie diese um etwas beneidet, war mit ihrem Beruf in der Klinik zufrieden gewesen, hatte sich auf die Partys am Wochenende gefreut. Doch nicht einmal mehr Letzteres konnte sie locken. Vielmehr ekelte es sie an, wenn sie in einem fremden Bett erwachte, sich an kaum etwas erinnern konnte, der Geruch von Rauch in den Haaren haftete und der Alkohol ihr noch am nächsten Tag sauer aufstieß.

Sie wusste, dass sie ihr Leben ändern musste. Doch dazu musste sie es zunächst wollen. Das predigte sie ihren Patienten tagtäglich. Sie verachtete ihre Doppelmoral und hasste sich immer mehr dafür.

Die Stimme des Selbstzweifels war mittlerweile so laut, dass sie vielmehr einem konstanten inneren Monolog glich.

Du weißt ganz genau, warum dein Leben so beschissen ist, wie es gerade ist. Und den ersten Schritt hast du bereits getan und dir Hilfe gesucht. Aber es bringt nichts, wenn du zur Therapeutin rennst und ihr nicht die ganze Wahrheit erzählst.

Mach doch mal endlich den Mund auf. Erzähl alles und befreie dich davon. Andernfalls kannst du dir selbst dabei zusehen, wie du zugrunde gehst. Niemand braucht dich. Niemand außer dir selbst.

Du weinst deinem Vater hinterher? War er für dich da? Du weißt doch noch genau, was er damals getan oder eher nicht getan hat. Er hat dich doch gar nicht ernst genommen. Behandelt man so seine Tochter, die man liebt? Mama hätte sofort gewusst, was zu tun wäre und für dich gekämpft.

Mama.

Kathy holte sich Schirm und Jacke und marschierte zu ihrem Wagen, welcher in der Einfahrt stand.

Sie musste mit Mama reden. Jetzt.

Und so fuhr sie durch die halbe Stadt zu dem Friedhof, wo ihr Körper in der kalten und nassen Erde ruhte.

Sie war schon lange nicht mehr hier gewesen. Sie hatte es nicht über das Herz gebracht, ihrer Mutter so zu begegnen. Sie hätte sich sicherlich geschämt, wenn sie ihre Tochter jetzt sehen könnte.

Eine Trinkerin. Einsam. Traurig. Depressiv.

Eine Versagerin.

Sie hielt auf dem Parkplatz vor dem mit Tannen gerahmten Friedhof, der bei dem Wetter die perfekte Kulisse für einen Horrorfilm bot. Kein Sonnenlicht drang durch die dichte Wolkendecke und aufgrund der hohen Luftfeuchtigkeit hatten sich Nebelschwaden gebildet, die den ein oder anderen Grabstein verschwinden ließen.

Ihr Gehirn blendete immer wieder Beerdigungsszenen ein. An jenem Tag hatte die Sonne geschienen. Es war sehr warm gewesen, und Kathy hatte in ihrem schwarzen Kleid geschwitzt. Sie verstand nicht, warum alle schwarz angezogen waren, und wo war Mama überhaupt? Die Leute weinten und sagten zu Papa und ihr mehr oder weniger immer den gleichen Satz, aber sie wusste nicht, was er bedeutete.

Noch heute, viele Jahre später, fand sie »Mein herzliches Beileid« eine unangebrachte, lieblose Floskel. Ein aufrichtiger Händedruck, ein gerührter Blick oder eine ernst gemeinte Umarmung konnten so viel mehr aussagen.

In Gedanken versunken hatte sie gar nicht gemerkt, dass sie bereits am Grab stand. Den Schirm hatte sie im Auto vergessen, sodass sie bereits bis auf die Haut durchnässt war.

Der Grabstein war schlicht, aber dafür mit zarten Pflanzenstrukturen graviert. Mama hatte diese gemalt. Man hatte wohl eines ihrer Bilder damals als Vorlage genommen.

»Mama, ich brauche deine Hilfe so sehr«, redete sie einfach drauflos und fühlte sich wieder wie das kleine Mädchen, welches bei Gewitter Schutz in den Armen seiner Mutter gesucht hatte.

Sie stellte sich vor, was diese wohl geantwortet hätte, wäre sie noch am Leben.

»Was ist los, meine Kleine?«

»Ich schäme mich so sehr. Ich habe nichts geschafft im Leben. Ich habe dich enttäuscht.«

»Du könntest mich niemals enttäuschen. Nur weil du kein Studium absolviert hast und mir noch keine Enkelkinder geschenkt hast, bedeutet das nicht, dass du nichts geschafft hast.«

Selbst in der fiktiven Stimme hörte sie einen enttäuschten Unterton.

»Es ist nicht nur das. Ich fühle mich, als hätte ich zwei Persönlichkeiten. Die eine arbeitet als Psychotherapeutin, hilft Menschen, tut Gutes. Die andere trinkt, flüchtet sich in oberflächliche Männerbekanntschaften, rennt weg.«

»Du bist verletzt worden, mein Kind. Du hast ihn sehr geliebt, nicht wahr?«

»Ja ... das habe ich. Aber ich weiß nicht, ob das der Grund ist.«

Mama. Es ist etwas passiert ...

Kathy fuhr mit dem Finger über die Gravur. »Mama, glaubst du, ich bin ein guter Mensch?«

Doch nicht einmal ihre Mutter konnte das mit Gewissheit sagen. Niemand konnte das.

Vor allem nicht die Toten.

49

Hey ihr Lieben, jetzt habt ihr schon länger nichts mehr von mir gehört, aber manchmal tut es gut, der Stille zuzuhören und zu erkennen, wohin sie einen leitet.

Unter einem Foto, auf welchem du mit einem gespielt verträumten Blick in die Ferne schaust, deinen Kopf auf den Armen liegend, postest du, liebe Kathy, die nächste Lüge.

Offensichtlich hältst du dich jetzt noch für eine Poetin. Peinlich, wie sich eine respektable Psychotherapeutin präsentiert.

Du hast mir an jenem Abend einen gehörigen Schrecken eingejagt. Ich hatte auf die Entfernung nicht genau erkennen können, wie massiv die Verletzung war. Du lagst zusammengekauert am Boden, regungslos, wimmernd.

Ich bin in deine Wohnung eingebrochen. Nun gut, die Balkontür stand auf, weil du vergessen hast, sie zu schließen. So betrunken warst du. Aber zu meinem Vorteil.

Ich konnte ein paar kleine Kameras aufstellen, die du sehr wahrscheinlich nicht finden wirst. Über eine App kann ich diese einsehen und dir beim Verrücktwerden zuschauen.

Die Krönung war es, als du den Zettel gefunden hast. Kinoreif.

SO NICHT!

Ich lache jetzt noch über deinen Gesichtsausdruck und meinen Geniestreich. Der Moment, in dem dir bewusst wurde, dass jemand in deine Wohnung eingedrungen ist, war die ehrlichste Emotion, die ich je auf deinem Gesicht gesehen habe. Angst steht dir einfach sehr gut.

Angst ist so rein und aufrichtig.

Das Gegenstück dazu ist der Hass. Abgrundtief und brutal. Kalt.

Gegensätze ziehen sich bekanntlich an.

Ich kann es kaum abwarten. Nicht mehr lange und wir sind im Finale. Die Kandidatin schlägt sich bisher ausgezeichnet.

Finden Sie nicht auch?

50

Frau Dr. Kerth war ein wenig nervös vor dieser Therapiestunde, obgleich man es ihr äußerlich nicht anmerkte.

Auch wenn sie den Beruf schon jahrelang ausübte und so manches erlebt hatte, konnte sie sich nie daran gewöhnen, wenn sie durch eine einzige Frage den Menschen gegenüber noch mehr verstörte, als er ohnehin schon war. Oftmals war es der Anfang von Heilung, aber sie hatte auch schon das Gegenteil erlebt.

Sie erinnerte sich an einen jungen Mann, dem sie hatte helfen wollen, der sich allerdings kurz darauf das Leben genommen hatte, weil die Wahrheit für ihn zu schlimm gewesen war, als dass er mit ihr hätte leben können.

Suizid war ihr mehr als einmal in ihrer Laufbahn begegnet. Professionalität hin oder her, die Selbstvorwürfe konnte man nie ganz ablegen, und die stummen Schreie verfolgten sie heute noch im Schlaf.

Trotzdem hielt sie zu allen Patienten einen für beide Parteien gesunden Abstand. Am Anfang ihrer Karriere hatte sie sich viel zu sehr in die Fälle involviert, ihre private Nummer herausgerückt und versucht zu helfen, wo sie konnte. Zu jeder Zeit. Tag und Nacht. Doch die selbstlose Fürsorge war gewaltig nach hinten losgegangen und hatte in einem Polizeieinsatz geendet, als ein Patient nachts bei ihr eingebrochen war und sich auf das »Tag und Nacht«-Angebot berufen hatte.

Sie blickte ihrem Gegenüber tief in die Augen und versuchte, die Situation abzuschätzen. Diese rutschte, wie auch die letzten Stunden schon, sehr unruhig auf ihrem Stuhl hin und her, ließ sich das meiste nur mühsam aus der Nase ziehen, und sie hatte das Gefühl, dass die meisten Antworten erlogen waren. Verdrängung.

Ein weiteres Individuum, welches Angst vor der Wahrheit hatte. Und die Ärztin hatte bereits einen dringenden Verdacht.

Sie blickte noch einmal auf ihre Notizen, die aus den letzten Stunden hervorgegangen waren:

- *Wiederkehrender präziser Albtraum*
- *Verdacht auf PTBS*

»Darf ich Sie etwas fragen?«, begann die Ärztin ruhig und ließ sich ihre innere Zerrissenheit nicht anmerken.

»Aber klar«, antwortete die Gefragte gespielt locker, doch man konnte ein leichtes Zittern in der Stimme mitschwingen hören. Angst fand immer einen Weg aus dem Körper heraus. Meist wählte die Angst den nur erdenklich grausamsten und schmerzvollsten Weg, und sie stand im Begriff, diese mit einem Mal zu entfesseln. Mit einer einzigen Frage.

»Sie müssen nicht sofort darauf antworten. Es kann sein, dass ich völlig falsch liege, aber es ist auch gut möglich, dass ich mit meiner Annahme an die Wahrheit heranreiche, und das wird Sie erst einmal erschüttern.«

»Fragen Sie einfach …« Die Patientin wirkte nun fast schon so, als wüsste sie, welche Frage käme. Wusste sie bereits, was los war? Hatte sie eine Vorahnung?

»Nun gut«, die Ärztin rückte sich noch einmal auf ihrem Stuhl zurecht und zückte den Stift in ihrer Hand, bereit, Notizen zu machen für etwaige Reaktionen der Patientin.

»Sind Sie jemals Opfer einer sexuellen Gewalttat geworden?«

51

Das »Ja« der Befragten kam schneller als gedacht. Ihre Schultern hatten sich mit einem Mal gesenkt und sie blickte nervös auf ihre Schuhe. Doch in diesem einen Wort hatten viel mehr Emotionen gesteckt. Scham, Nervosität und auch ein Hauch von Erleichterung, als wäre sie dankbar, dass sie endlich darüber sprechen konnte.

Die Ärztin machte sich mit ruhigen Handbewegungen Notizen. Sie wollte die Patientin nicht verunsichern, indem sie wild und laut mit ihrem Kugelschreiber über das Papier fuhr.

»Sind Sie stark genug, darüber zu berichten?«

Die Patientin schaute ihr in die Augen und eine Träne rann aus ihrem Augenwinkel. Die starke Frau wirkte mit einem Mal gebrochen.

Mit zitternder Stimme begann sie zu erzählen.

»Eigentlich mochte ich ihn sehr. Er war immer nett zu mir gewesen, hat sich um mich gekümmert und mir zugehört.«

Die Tränen rannen mittlerweile ungehindert die Wangen herunter, ließen ihr Make-up gespenstisch verlaufen und benetzten den Kragen ihrer weißen Bluse.

»Ich hatte schon länger bemerkt, dass er mir immer sehr anzügliche Blicke zuwarf, wenn die anderen nicht hinschauten. Eines Tages bat er mich, ihm beim Tragen der schweren Bücher ins Archiv zu helfen, und ich dachte mir nichts dabei. Doch als wir dort unten allein waren, griff er mich plötzlich an, streichelte mich, küsste mich, während er mich mit der anderen Hand an die Wand gedrückt hielt. Er fasste mir an die Brust und zwischen die Beine und …«

Sie stockte. » … und er riss mir meine Unterwäsche herunter. Es war furchtbar. Ich hatte eine solche Angst …«

Kathy von Bergen hielt kurz inne und durchlebte den schrecklichen Moment noch einmal.

Frau Dr. Kerth hätte die junge Frau am liebsten fest in dem Arm genommen. Sie wusste, dass sie heute einen sehr großen Schritt gegangen war in Richtung Heilung. Doch jetzt folgte die schwierigste Phase in der Therapie. Aufräumen. Verarbeiten. Sie wusste, dass sie die Albträume durch ihre Fragen zunächst verschlimmern würde, denn sie würden das Gedächtnis der jungen Frau aufwühlen, als stochere sie in klarem Wasser, um den ganzen Dreck vom Grund aufzuwirbeln und zu sieben.

»Wollen Sie mir erzählen, wer Ihnen das angetan hat?«

»Mein Lehrer.«

52

An jenem Tag kam er nach Hause. Völlig aufgelöst.

Er bat meine Mutter zu einem Spaziergang. Sie sagte mir, ich solle in mein Zimmer gehen. Und so tat ich, wie mir geheißen.

Ich verzog mich in mein Zimmer. Doch ich konnte spüren, dass etwas nicht stimmte. Ich hatte den Eindruck, dass sich unser Leben mit dem heutigen Tage auf drastische Weise ändern würde. Es war nur ein Bauchgefühl. Aber es würde sich bewahrheiten.

Etwa eine Stunde später kamen sie wieder.

Beide schwiegen. Ich hatte meine Mutter noch nie so blass gesehen. Ihr stand der Schreck in den Augen.

Ich fragte sie, was denn los sei, doch sie sagte mir nur, dass alles in Ordnung wäre. Ich wunderte mich, warum sie mich anlog. Ich konnte doch sehen, dass die Realität fern von »in Ordnung« war. Doch ich unterließ es, weitere Fragen zu stellen.

Erst Jahre später erfuhr ich die Wahrheit.

Am nächsten Tag ging mein Vater nicht wie gewohnt zur Arbeit, sondern blieb zu Hause. Er sagte etwas von Urlaub und plante beim gemeinsamen Frühstück, was wir sonst nur am Wochenende taten: allerhand Unternehmungen, für die er nun Zeit hätte. Ich freute mich einerseits, doch konnte das dumpfe Gefühl immer noch nicht abschütteln, dass etwas nicht stimmte. Meine Eltern jedoch ließen sich nichts weiter anmerken, und so ließ ich mich drauf ein.

Es war schön, dass Papa jetzt viel zu Hause war.

Wir gingen in den Wald, bauten Hütten zusammen, spielten, lachten.

Doch eines Abends überhörte ich eine Unterredung meiner Eltern. Sie dachten wohl, sie wären allein, doch ich saß auf der Treppe und lauschte.

»Wie geht es jetzt weiter?«, hörte ich meine Mutter fragen.

»Ich weiß es nicht. Ich werde wohl neue Bewerbungen versenden, aber ich befürchte, dass ich nirgendwo mehr angenommen werde.«

»Vielleicht kannst du umschulen?«, fragte sie und ich hörte sie einen Schluck Wein trinken.

Gelegentlich tranken meine Eltern gemeinsam eine Flasche Wein. Dazu zündeten sie sich Kerzen an und genossen die Zeit zu zweit. Ohne mich. Doch heute fehlten die Kerzen und das ganze Szenario hatte wenig Anschein von Romantik.

Mein Vater schwieg auf die Frage.

In den darauffolgenden Monaten veränderte sich alles in einer rasenden Geschwindigkeit. Papa war zwar nach wie vor zu Hause, doch die Unternehmungen hörten nach und nach auf. Vielmehr häuften sich die Abende, an denen er trank. Allein.

Ich spürte, wie sich meine Eltern immer mehr voneinander entfernten. Meine Mutter ging häufig mit ihren Freundinnen aus. Zumindest erzählte sie das.

Denn eines Tages sagte sie, dass sie ausziehen würde. Sie hätte jemanden kennengelernt und würde sich von meinem Vater trennen.

Auch wenn ich damals noch recht jung gewesen war, so hatte ich immer gespürt, dass meine Eltern sich wahrhaft geliebt hatten. Was war geschehen, dass diese Liebe zerbrochen war?

Damals starb auch ein Teil von mir. Mein ganzes Weltbild wurde an dem Tag zerstört, an dem meine Mutter mit gepackten Koffern im Flur stand und sich wortkarg verabschiedete. Sie schaute mir kaum in die Augen, drücke mich herzlich und versicherte mir, dass sie mich liebte. Doch von dem Moment an sah ich sie nur noch an den Wochenenden.

Die Spirale ging weiter hinab.

Mein Vater versank in der Liebe zum Alkohol. Ich verachte ihn damals dafür.

Wir verloren das Haus, zogen in eine kleine Wohnung in einem düsteren Viertel in der Stadt. Mittlerweile war ich herangewachsen.

Er war niemals gewalttätig, doch er beachtete mich kaum, und das fühlte sich schmerzhafter an, als jeder Schlag es hätte bewirken können. Zu dem Zeitpunkt verwickelte ich mich häufig in oberflächliche Schlägereien. Ich wollte spüren, dass ich lebte.

Eines Abends ließ ich mich neben meinen Vater auf das Sofa fallen. Es störte ihn nicht, dass ich ein Bier in der Hand hielt. Womöglich bemerkte er es nicht einmal.

Alkohol war neben den Dingen, die ich konsumierte, die harmloseste Droge.

Wir saßen schweigend nebeneinander, während der Fernseher eine monotone Dokumentation ausspuckte.

Irgendwie fühlte es sich trotzdem gut an, wieder gemeinsam etwas zu unternehmen. Auch wenn es etwas so Simples war, wie auf der Couch zu sitzen und einen Drink zu genießen, wobei der Genuss nicht im Fokus stand, sondern vielmehr das Vergessen.

»Diese Schlampe …«, hörte ich plötzlich meinen Vater murmeln und dachte zunächst, er rede von meiner Mutter.

Ich lauschte in die Stille, die jedoch von den sich überschlagenden Stimmen aus dem Fernseher übertönt wurde.

Mein Vater nahm einen Schluck aus seinem Bier. Es war fast leer.

Ich stand auf, öffnete schweigend den Kühlschrank, in dem sich neben den erkennbar braunen Flaschen kaum etwas anderes befand, öffnete uns zwei davon und reichte ihm seines wortlos.

Er nickte mir zu und nahm einen weiteren Schluck. Ich wollte unbedingt, dass er erzählte.

Als er jedoch weiter schwieg und stumpf den Fernseher anstarrte, fragte ich ihn, was denn los sei.

Sein trüber Blick streifte meinen, und in dem Moment erkannte ich den Menschen nicht wieder, der mein Vater zu sein schien. Er hatte sich verändert. Einst so liebevoll und ruhig. Nichts im Vergleich zu dem Häufchen Elend, was da neben mir auf der Couch trauerte.

»Wenn das alles nicht gewesen wäre, dann wäre es nie so weit gekommen.«

Ich war immer noch in der Annahme, dass er von meiner Mutter sprach, die ihn einige Jahre zuvor verlassen hatte. Für seinen Kollegen.

Ich hatte als Kind geglaubt, sie hätte uns aufgrund des anderen Mannes sitzen lassen. Reiner Egoismus. Manchmal hatte ich auch geglaubt, dass sie wegen mir gegangen war. Ich war schon immer ein Kind gewesen, welches viel Zuwendung brauchte. Womöglich war ihr das alles zu viel geworden und sie wollte mich nicht mehr.

Alles, was mir danach geblieben war, war mein Vater, der sich immer mehr von mir verabschiedete oder eher vom Leben. Auch wenn ich noch recht jung war, so wusste ich, dass Alkohol nicht gerade zu einer besseren Gesundheit beitrug.

»Diese Lügnerin … Dieses Biest … Die hat mir alles versaut. Die hat mich kaputt gemacht.«

»Wer?«, fragte ich. Alle unausgesprochenen Fragen lagen nun schon seit Jahren auf meinem Herzen und hatten bereits tiefe Spuren der Ahnungslosigkeit und der daraus resultierenden Resignation hinterlassen.

»Dieses verzogene Ding.«

Ich konnte mir noch immer keinen Reim darauf machen. Ich hatte keine Ahnung, von wem er sprach. Mutter?

Ich drehte mich bewusst zu ihm um und ergriff ihn an seinen Schultern, als ob meine bloße Berührung die Sätze aus ihm herausbringen könnte.

»Papa, vom wem redest du?«

»Kathy von Bergen.« Drei Worte. Ein Name. Anfang und Ende einer tragischen Geschichte.

Und dann erzählte er mir alles.

Seine Wahrheit.

53

Unsicher schaute Kathy sich im Spiegel an. Sie hatte trotz der sommerlichen Temperaturen ein langärmeliges Kleid gewählt, da es ihre Narbe verdeckte, die noch immer nicht erblassen wollte. Auch wenn sie sich darin zu Tode schwitzen würde, so war es ihr allemal lieber, als ihre Scham bloßzustellen.

Man würde ihr die Geschichte mit dem Kochunfall womöglich noch abkaufen, aber das Risiko war ihr zu hoch.

Heute war doch der große Tag. Lissys Tag. Sie wollte keinesfalls, dass man ihr mehr Aufmerksamkeit schenkte, als es ihrer Rolle als Trauzeugin zustand, da sie neben dem angehenden Brautpaar den ganzen Tag mit im Rampenlicht stehen würde.

Auch wenn dies nur die Verlobungsfeier war, so hatten die Einladungen schon angekündigt, dass es eine größere Feierlichkeit werden würde. Lissy kannte einfach zu viele Menschen, als dass sie sich mit einer einfachen Feier abspeisen lassen würde.

Wenn es nach Maik gehen würde, dann hätte ihm wohl auch ein gemütliches Barbecue im Kreise der engsten Vertrauten gereicht.

Kathy wusste nicht viel über Maik, außer dass er BWL studiert hatte und eher ein stiller Mensch war, der Lissy entscheiden ließ. Ob er ihr zuliebe schwieg oder ob es ihm gleichgültig war, wusste sie nicht zu sagen. Sie hatte ihn nur ein paarmal gesehen. Einmal, als Lissy ihn als ihren neuen Partner vorgestellt hatte. Und ein paarmal war er im

Club mit dabei gewesen, als sie zum Feiern ausgegangen waren.

Kathy betrat den dekadent geschmückten Raum, den das Paar eigens für ihre Feier angemietet hatte.

Wie soll dann erst die Hochzeit aussehen?

Überall empfingen sie weiße Rosen. Der Raum war gehüllt in warmes Licht, welches von den tausend Lichterketten herrührte, die von den Decken herabhingen. Es sah aus wie im Märchen. Traumhaft. Die perfekte Atmosphäre für Verliebte.

Außer dass du keine davon bist.

Als sie sich so umblickte, sah sie überall Menschen Arm in Arm stehen. Pärchen, die sich in den Arm nahmen, andere wiederum Händchen haltend für die Dekoration schwärmend und wieder andere, die sich einen vielsagenden Blick zuwarfen, als planten sie bereits ihre eigene Hochzeit.

Kathy würde es nicht wundern, wenn es heute Abend eine spontane Verlobung unter den Gästen geben würde. Nur dass es nicht ihre eigene sein würde.

Sie war dazu verdammt, Zuschauerin zu sein.

Aber sie hatte sich das alles selbst zuzuschreiben. Denn *damals* hatte sie sich geschworen, dass kein Mann sie je mehr verletzen sollte. Und so hatte sie erfolgreich eine dicke Mauer aufgebaut, die sie beschützte. Bestehend aus pauschalen Vorwürfen, Enttäuschung und Angst.

Nur Stefan hatte es geschafft, diese zu durchdringen. Sie konnte bis heute nicht sagen, wie er es geschafft hatte. Oder war sie es gewesen, die vorsichtig hinter der Mauer hervorgelugt hatte?

Seitdem niemand mehr.

Daniel hatte der Mauer definitiv einige Risse verpasst, doch seitdem er sich nicht mehr gemeldet hatte, hatte sie sicherheitshalber noch eine Zementschicht mehr aufgetragen. Das Gebilde stand nun felsenfest. Für jeden emotionalen Krieg gewappnet.

Sie konnte nicht anders, als die sich glücklich glaubenden Pärchen zu belächeln. Irgendwann würde auch diese die brutale Realität einholen und alles zerstören. Sie hatte schon genug Menschen in die Ehe eilen sehen, um nur wenige Monate später von der Scheidung zu hören. Einer hatte den anderen betrogen oder sie hatten sich in der kurzen Zeit schon auseinandergelebt. Welchen Stellenwert hatte die Ehe denn heutzutage noch? Mal abgesehen davon, dass man Vorteile aus der Steuerklasse ziehen konnte, verblieben nur noch leere Versprechungen, eine teure Feierlichkeit und eine noch viel kostspieligere Scheidung. Und trotzdem wünschte sie sich das. Sie musste wohl verrückt sein.

Sie erblickte Lissy in einem strahlenden hellblauen Kleid, welches ihre blonden Locken betonte. Ihr Verlobter hatte seinen Arm lässig um ihre Hüfte gelegt und beide sahen aus wie das perfekte Paar. Ken und Barbie.

»Kathy«, rief Lissy gedehnt und verlieh dem Ausruf gleich viel mehr Dramatik.

Kathy hatte das Gefühl, als richte man tausend Scheinwerfer zugleich auf sie.

Sie fielen sich in die Arme. Lissy hielt sie so fest, dass sie für einen Moment glaubte, keine Luft mehr zu bekommen.

»Du siehst so schön aus«, hauchte Kathy, als ihre Freundin sie aus ihrer Umarmung entließ.

»Danke, du aber auch. Sag mal, ist das nicht ein wenig zu warm?«, fragte Lissy und zupfte an ihrem langen Ärmel.

Kathy grinste nervös und faselte irgendeine Ausrede zusammen, die Lissy ihr sofort abkaufte. Wahrscheinlich war diese auch nur abgelenkt von den Glückwünschen eines anderen Paares. Kathy war zumindest dankbar, dass sie dem Moment entfliehen und sich der Masse unterordnen konnte.

Der Abend verlief wie im Film. Die angehenden Eheleute hauchten sich poetische Gelübde zu, versprachen sich schon jetzt ewige Treue, während ein Verwandter des Bräutigams dem Klavier eine romantische Melodie entlockte und selbst zusammengezimmerte Texte dazu zum Besten gab.

Die betrunkene Menge quittierte es mit rasendem Applaus und Gegröle.

Kathy liebte ihre Freundin von ganzem Herzen. Doch sie fühlte sich mehr denn je fehl am Platz. Ihr Zynismus oder die Auffassung von Realität passten nicht in diese märchenhafte Kulisse. Doch da sie nicht einfach die Party verlassen konnte, um in den schützenden Armen ihrer eigenen vier Wände Zuflucht zu suchen, tat sie das, was sie am besten konnte. Sie trank.

Der Rotwein benebelte bereits ihre Sinne und die Trauzeuginnen-Rede stand ihr noch bevor.

Vermassel es nicht. Reiß dich zusammen. Tief ein- und ausatmen.

In einem ruhigen Moment stand sie leicht schwankend auf, erzeugte mit einer Kuchengabel einen durchdringenden Ton an ihrem nahezu leeren Weinglas und lenkte damit alle Blicke auf sich.

Die Pflicht ruft. Blamier dich bloß nicht.

»Tja ihr Lieben. Was soll ich euch erzählen?«, begann sie lallend. Sie räusperte sich und überspielte ihren angetrunkenen Zustand mit einem überzeugenden Lachen, in das die Gesellschaft mit einfiel. Die meisten von ihnen hatten vermutlich schon mehr intus als sie.

Reiß dich zusammen. Schultern aufrecht. Stimme fest. Und los geht's.

»Lissy und ich kennen uns jetzt schon einige Jahre, und sie hat auch mich sofort mit ihrem Charme überzeugt. Ich meine, wer kann diesem Aussehen schon widerstehen?« Sie zwinkerte Lissy zu und diese grinste verlegen.

»So war es für mich nicht verwunderlich, als sie mir ihren Prinzen vorstellte. Maik. Der sich auf einem weißen Pferd heranschlich und die holde Maid stahl. Und noch immer hält er sie fest in seinen Händen.«

Gut abgelesen. Und weiter.

»Lasst uns also auf das Traumpaar anstoßen und mögen sie noch viele glückliche Jahre zusammen erleben.«

Dass sie eine ganze Passage übersprungen hatte, konnten die anderen nicht wissen. Sie erhob ihr Glas, während die Menge es ihr gleichtat.

»Auf das Traumpaar«, erschallte es im Chor und alle nahmen einen Schluck ihres Getränkes.

Kathy konnte sich endlich hinsetzen, als der Raum sich wieder mit wildem Gerede füllte.

Schnell bestellte sie sich ein weiteres Glas Wein und ließ sich in die heitere Atmosphäre fallen.

Geschafft. Nicht übel.

Sie wusste, dass das nur ihr angetrunkenes Selbstbewusstsein war, welches ihr ein Lob aussprach.

54

Applaus. Applaus. Großartige Rede!

Ich beobachte dich gerade auf dem Monitor, wie du heulend durch deine Wohnung schlurfst. Peinlich.

Das ist schon die vierte Zigarette in Folge, wenn ich richtig mitgezählt habe.

Mittlerweile ist dir fast alles egal, wie mir scheint.

Vor nicht allzu langer Zeit hast du penibel darauf geachtet, dass du oder deine Gäste ausschließlich auf der Terrasse rauchen, doch mittlerweile rennst du mit deiner Fluppe durch das ganze Haus. Ich fühle mich geehrt, dass du durch mich deine Gewohnheiten geändert hast. Sowieso hat sich vieles verändert.

Bis auf die äußere Fassade. Diese schöne Ansicht.

Die hältst du immer noch aufrecht, sodass man dir rein gar nicht ansieht, dass dein Leben gerade auseinanderfällt.

Du hast so lange eine Maske getragen, dass jeder denkt, jene sei dein Gesicht. Aber dein wahres Gesicht offenbarst du mir ahnungslos über den kleinen Bildschirm, den ich in der Hand halte. Und ich ergötze mich daran. Besseres Kino gibt es gar nicht.

Du wirst lachen, Kathy, aber ich habe mir anlässlich dazu extra Popcorn gemacht. Süß.

Ich habe noch nie verstanden, wer sich salziges Popcorn holt. Das ist doch krank.

Na, wie hat dir die Feier gefallen, liebe Kathy? Ich hoffe, der Neid hat schön an dir genagt. All diese glücklichen Pärchen zu sehen, sollte dir verdeutlicht haben, dass du niemals so etwas bekommen wirst. Du hast das nicht verdient.

Das war nicht einmal Teil meines Plans gewesen, doch manchmal spielt einem das Leben doch positiv in die Karten. Und das sind die besten Momente.

Ich habe dich den ganzen Abend über eingehend beobachtet. Du warst viel zu sehr auf dich fokussiert und schon viel zu schnell besoffen, als dass du mich womöglich hättest bemerken können. Ich mochte das Rampenlicht ohnehin nie und bin Meister darin geworden, mich im Schatten anderer zu verstecken. Stets präsent, aber ungesehen.

Doch zu dieser Feier musste ich aus einem anderen Grund erscheinen. Dass du ebenfalls dort warst, noch dazu als Trauzeugin, war Glück, Schicksal, jedenfalls alles andere als Zufall.

Ich würde mir doch niemals die Verlobung meiner einzigen Schwester entgehen lassen.

Es wird immer besser.

Holen Sie sich lieber noch ein paar Snacks für das Finale, liebe Zuschauer.

Es wird spannend!

55

Kathy betrat ihr Büro viel zu früh für ihre Verhältnisse, doch unruhige Träume hatten sie mitten in der Nacht wach werden und nicht mehr einschlafen lassen. Anstatt die leeren Wände anzustarren, von denen sie sich immer mehr beobachtet fühlte, hatte sie sich in ihr Auto gesetzt und war in die Klinik gefahren, um ein wenig liegen gebliebenen Papierkram aufzuarbeiten.

Sie musste unbedingt aufhören, sich abends volllaufen zu lassen. Der Alkohol beförderte vielmehr die Albträume, als dass er sie betäubte.

Sie konnte sich ehrlich gesagt nicht mehr an den letzten Tag erinnern, an dem sie mal nicht irgendeine Form von der sinnesveränderten Flüssigkeit zu sich genommen hatte. Genauso wenig konnte sie sich daran erinnern, wann sie begonnen hatte, ins exzessive Trinken abzurutschen. An die hämmernden Kopfschmerzen hatte sie sich mittlerweile gewöhnt.

Die Sonne würde den Raum bald in ihr sanftes Gold einhüllen. Sie mochte die Zeit des Tages besonders, die frühen Sommermorgen, wenn die ganze Stadt noch zu schlafen schien. Auch wenn sie viel lieber noch in ihrem weichen Bett gelegen und sich ausgeschlafen hätte, so versprach der Horizont etwas Friedvolles.

Der krasse Kontrast zu ihrem Leben.

Leider konnte die Sonne jedoch nicht die dunklen Ecken erhellen. Die tragischen Geschichten, die ihr in diesen Räumlichkeiten tagtäglich zuteil wurden.

Doch heute war irgendetwas anders. Es war zunächst nur ein Bauchgefühl gewesen, als sie den Raum betreten hatte.

Als sie sich dem Schreibtisch näherte, sah sie es.

Einen Notizzettel.

Dicke schwarze Buchstaben.

LASS UNS REDEN.

Es durchfuhr sie heiß und kalt.

Déjà-vu.

Noch vor kurzer Zeit hatte sie einen ähnlichen Zettel in der Hand gehalten und war zu dem Schluss gekommen, dass sie ihn wohl selbst geschrieben haben musste. Aber war es wirklich so gewesen? Denn dass sie diese Notiz geschrieben hatte, war recht unwahrscheinlich.

Das Gefühl, dass sie damals überkommen hatte, holte sie mit einem Mal wieder ein. Nackte Angst.

Jemand hinterließ Botschaften.

Sie verspürte eine Gänsehaut am ganzen Körper.

Tausend Fragen bombardierten sie zugleich.

Wer hatte sich Zutritt zu ihrem Büro verschafft? Wer hatte diese Nachricht geschrieben und vor allem warum?

Oder litt sie nun doch an Verfolgungswahn? Sie wünschte sich letzteres, denn dann hätte sie endlich eine Antwort auf ihre paranoiden Fragen.

Der Tag hatte noch nicht einmal angefangen, und sie war mit ihren Nerven bereits am Ende.

Kurz darauf klopfe es energisch an der Türe, und sie fuhr zusammen, als stünde der Leibhaftige persönlich auf der anderen Seite, nur darauf wartend, sie mit in die Hölle zu ziehen.

Zitternd ging sie ein paar Schritte nach vorne und öffnete die Tür, doch niemand stand davor. Sie schaute in einen menschenleeren Flur, der nur von der Nachtbeleuchtung spärlich erhellt wurde.

Mit einem Mal wirkte das Licht fahl, ja nahezu schon beängstigend dunkel. Zu viele Schatten, in denen sich jemand verstecken konnte. Um diese Zeit waren nicht viele Leute hier. Neben den Patienten war nur eine Aufsichtsperson im Dienst, die jedoch gerade nicht zu sehen und zu hören war.

Überhaupt war es still.

Zu still? Denk jetzt bloß nicht an alle Horrorfilme, die du schon gesehen hast. Denk bloß nicht daran, wie das Opfer durch leere Flure gejagt und abgeschlachtet wird. Denk nicht daran, wie es an die Zimmer klopft und um Hilfe schreit, Türen aufreißt, nur um festzustellen, dass sich dahinter niemand verbirgt. Denk bloß nicht daran, dass du dich in einem leeren Haus befindest mit dem Täter. Flackernde Lichter und Wände, die immer näherkommen.

Denk bloß nicht …

Kathy schloss die Tür geräuschvoll und sperrte diese panisch ab, wobei sie das Schloss mehrere Male verfehlte und es mit dem Schlüssel verkratzte. Umgehend kramte sie aus ihrer Tasche eine Beruhigungstablette und schluckte diese. Sie hinterließ einen bitteren Geschmack im Gaumen.

Sie wollte nur noch diese Stimme unterdrücken, die ihr noch mehr Angst bereitete.

Es war ihre eigene Stimme, nur klang diese gehässig und bösartig. Bereit zu verletzen. Sich selbst zu verletzen.

Wie ein kleines verängstigtes Kind kauerte sie sich auf dem Sofa zusammen, die Beine angezogen und eine Wolldecke um die Schultern gelegt. Sie wiegte sich hin und her und spürte bereits, wie sich die Reizweiterleitung zwischen den Synapsen verlangsamte.

Die Stimme war nur noch ein leises Flüstern, dessen Wortlaut man nicht mehr verstehen konnte. Und sie schlief ein.

Kathy wurde von lautem Klopfen geweckt. Mittlerweile war es hell draußen, die Sonne schien ihr direkt ins Gesicht und blendete sie. Sie brauchte einen kurzen Moment, um zu realisieren, dass sie sich nicht zu Hause befand.

Erneut klopfte es, und sie fuhr zusammen. Sie hatte sich noch immer nicht von der unheimlichen Situation erholt, die einige Stunden zuvor stattgefunden hatte.

Ein Blick auf die Uhr verriet ihr, dass es kurz nach neun war. Sie hatte beinahe ihren ersten Termin verschlafen.

Sie entriegelte das Schloss, öffnete die Tür und blickte in die ungeduldigen Augen des jungen Mannes, den sie seit einigen Wochen aufgrund seiner bipolaren Störung zweimal wöchentlich zu einem Fünfundvierzig-Minuten-Gespräch sah, an welchem er nur ungerne teilnahm.

Sie konnte ihm ansehen, dass er sich wünschte, sie hätte nicht aufgemacht.

»Kommen Sie herein«, sagte sie und versuchte dabei, ihre verwaschene Sprache, jenen Zustand, der von der Beruhigungstablette herrührte, zu verstecken.

Nach der Panikattacke heute Morgen war sie sich mittlerweile nicht mehr sicher, ob sie nicht doch geträumt hatte. Traum und Realität vermischten sich vermehrt in letzter Zeit.

Alkohol, Tabletten. Was denkst du denn, woher das kommt?

Sie schob die Gedanken zunächst beiseite und widmete sich dem jungen Mann, der sie eingehend beobachtete.

Man konnte fast meinen, dass er sie studierte, als suche er krampfhaft nach etwas.

Verfolgungswahn.

»Wie geht es Ihnen?«, fragte sie ihn monoton, als er auf dem Stuhl gegenüber Platz nahm.

»Die Frage ist doch eher, wie geht es Ihnen?«, sagte er spöttisch und sah ihr direkt in die Augen.

»Bitte was?«, antwortete sie entsetzt.

»Ich sagte, dass ich mich so langsam eingewöhnt habe.« Er sah aus, als könne er keinem Menschen etwas zuleide tun.

Das ist alles nur in deinem Kopf. Das ist nur ein gewöhnlicher Patient. Du behandelst ihn schon seit Wochen.

Sie versuchte, sich selbst zu beruhigen.

»Das freut mich sehr. Ich kann mir vorstellen, dass es alles andere als leicht ist, sich Hilfe zu suchen und über all das zu sprechen, wovor man sonst geflohen ist.«

»Reden Sie gerade von mir oder sich selbst?«, folgte die hämische Antwort.

Kathy schreckte wieder auf und blickte in das unschuldigste Gesicht.

»Entschuldigen Sie, ich habe Ihre Antwort nicht verstanden«, sagte sie stotternd.

»Ich sagte, dass Sie recht haben.«

Kathy begutachtete seine Augen intensiv. Nun war sie es, die krampfhaft etwas suchte.

»Geht es Ihnen gut?«, fragte er sie, und in seinem Blick lag echte Besorgnis.

»Ja, entschuldigen Sie. Ich … Machen wir weiter.«

Der Rest der Stunde verlief unauffällig. Dass sie ihm jede Antwort aus der Nase ziehen musste und er nur sehr wortkarg antwortete, war nichts Neues. Überhaupt verhielt er sich so wie immer.

Unauffällig. Ruhig.

Als er den Raum verließ, begab sie sich zu ihrem Schreibtisch.

Dort lag er noch immer.

Der Zettel.

Es war also kein Traum gewesen.

Trotz tausend Fragen, auf die sie keine Antwort wusste, war sie sich einer Sache sicher.

Sie stand im Begriff, ihren Verstand zu verlieren.

Oh ja. Das tust du, und endlich siehst du es ein.

56

Lissy machte sich Sorgen um ihre Freundin. Sie hatte bemerkt, wie sich diese auf der Verlobungsfeier zur Schau gestellt hatte, wie sie versucht hatte, etwas zu überspielen. Am Ende war sie völlig betrunken gewesen.

Nicht mehr sie selbst. Hatte geweint und wirres Zeug geredet.

»Kathy, was ist los mit dir? Soll ich dir ein Taxi rufen?«, fragte sie. Sie war nun ernstlich besorgt um ihre Freundin, die am Rande der Gesellschaft an einen Baum gelehnt saß und ihren Körper repetierend nach vorn und hinten schaukelte, um immer wieder dumpf mit dem Rücken gegen den Stamm zu stoßen.

»Ich will nicht dahin zurück. Allein. Ich hasse es, allein zu sein«, Kathys Stimme war verwaschen und klang wütend.

»Du hast zu viel getrunken«, stellte Lissy sachlich fest und ergriff Kathys Arm, um sie hochzuziehen.

Doch diese schlug die Hilfe weg und traf sie mit ihren Fingernägeln so fest am Arm, dass diese Kratzer hinterließen.

»Verpiss dich, geh zu deinem Typ und vergiss mich einfach. Ihr habt mich doch sowieso schon alle vergessen …«

Lissy war so erschrocken über die Aussage, dass sie über den tätlichen Angriff hinwegsah.

»Ich rufe jetzt ein Taxi und lass dich nach Hause bringen«, sagte sie. Sie wollte keinen Ärger. Sie erkannte ihre Freundin nicht wieder und wollte diese nur sicher wissen.

Zugegebenermaßen hatte sie selbst auch nicht wenig getrunken an jenem Abend, aber sie konnte sich noch an jedes Detail dieser Szene erinnern.

Die Angesprochene schwieg nur noch und weinte stumm.

Eine Viertelstunde später fuhr der Wagen vor, und Lissy hievte Kathy so gut sie konnte hoch. Diese ließ es überraschenderweise widerstandslos geschehen.

Als Kathy auf der Rückbank Platz genommen hatte, schaute sie Lissy mit leeren Augen an und fragte: »Warum wurde ich überhaupt geboren?«

Mit diesen Worten schloss sie die Tür und ließ die frisch Verlobte verstört zurück.

Seitdem hatten sie sich nicht mehr miteinander gesprochen.

Das war vor einer Woche gewesen. Eine Ewigkeit.

Lissy konnte sich den Dialog nicht zusammenreimen. Betrunkene Konversationen waren ihr nicht fremd, aber eine derartige Unterhaltung war ihr noch nie untergekommen. Vor allem nicht mit ihrer besten Freundin.

Normalerweise hörten sie jeden Tag voneinander.

Sie wollte nur sichergehen, dass sie nichts übersehen hatte, denn offensichtlich war irgendetwas vorgefallen, dass Kathy dermaßen aus der Fassung gebracht hatte. Aber war es auf die Tatsache zurückzuführen, dass sie sich mit Maik verlobt hatte?

Sie hatten sich noch nie gestritten. Und Lissy wusste nicht einmal zu sagen, ob die Aussagen von jener Nacht ernst gemeint waren.

Betrunkene sagen meist die Wahrheit, hatte sie mal gehört.

Doch wenn man den Aussagen Wahrheit verleihen wollte, dann hatte es den Anschein, dass ihre Freundin eifersüchtig war. Auf sie. Auf ihr Leben. Oder anders, dass sie einfach schrecklich einsam sein musste aus diversen Gründen.

Sie hatte in ihrem Job als beste Freundin versagt und nicht gemerkt, dass Kathy ihr langsam aber sicher entglitten war.

Sie waren beide eigentlich keine gefühlsduseligen Menschen und redeten selten über solche Dinge, und doch konnte man deutlich erkennen, dass etwas nicht stimmte.

Erst jetzt fiel Lissy auf, dass Kathy schon länger nichts mehr von Daniel erzählt hatte. Überhaupt hatten sie sich hauptsächlich anlässlich der zu planenden Verlobungsfeier und den damit einhergehenden Trauzeuginnen-Pflichten getroffen.

»Dies ist der Anrufbeantworter von Kathy von Bergen, bitte hinterlassen Sie eine Nachricht nach …« Lissy legte auf.

Maik streichelte bereits ihren nackten Rücken und schaute sie verführerisch an.

»Alles gut?«, fragte er sie besorgt, er musste wohl ihre gekräuselte Stirn bemerkt haben.

»Alles gut«, versicherte sie ihm, drehte sich ihm vollständig zu und sie küssten sich leidenschaftlich. Der süße Geschmack seiner Lippen ließ sie umgehend alles vergessen.

Sie nahm sich jedoch fest vor, Kathy später noch einmal anzurufen, als sie sich in die Laken fallen ließ und Maik sie mit seinen Lippen am ganzen Körper berührte.

57

Umgestürzter Hocker. Es riecht nach Benzin und Lack. Mein toter Vater baumelt von der Decke. Sein Körper ist kalt und sein Blick starrt mich durchdringend an. Eine Träne ist an seiner Wange hängengeblieben.

Zu seinen Füßen liegt ein Zettel mit den Worten: *Es tut mir leid.*

Was tut dir leid? Dass du mich nun allein gelassen hast? Dass du mir einen Anblick verschafft hast, den ich niemals mehr vergessen werde? Dass du mich derartig traumatisiert hast, dass ich jahrelang nach Antworten suche? Nach der Person, die ich für deinen Tod verantwortlich machen kann?

Entschuldigung angenommen.

Ich habe unseren Sündenbock gefunden.

Und ich werde dafür sorgen, dass man dir Glauben schenkt, denn du sollst nicht umsonst gestorben sein.

58

Sie fragen sich sicher schon eine Weile, ob Lissy in meine Machenschaften verwickelt ist.

Nun, da muss ich Sie leider enttäuschen. So genial war mein Plan dann doch nicht. Es war eine Fügung des Schicksals, dass die beiden sich angefreundet haben, und macht mein Spiel dadurch nur noch perfider, mal so am Rande bemerkt.

Meine Mutter hatte damals das Sorgerecht für Lissy bekommen. Wir haben uns seitdem nur selten gesehen und sind uns über die Jahre fremd geworden.

Zugegeben, wir haben uns auch vorher nie nahegestanden. Lissy war das kleine süße Püppchen, ich das schwarze Schaf. Man hatte mir nie geglaubt, denn Lissy hatte ihre blonden Locken und großen Augen zu ihrem Vorteil einzusetzen gewusst. Ich bin mir sicher, dass sie mit der Methode auch ihren Verlobten erobert hat.

Umso mehr überraschte mich die Einladung zur Feier. Ich hatte mit allem gerechnet, nur nicht damit.

Aber wir sind eine Familie. Das musste sie wohl auch erkannt haben, als sie die Einladung an mich adressierte.

Lissy war immer Mama-Kind gewesen. Und ich bin mir mittlerweile sicher, dass sie nicht einmal weiß, was unserem Vater widerfahren ist und vor allem, wer ihm das alles angetan hat. Mama hat es ihr nicht erzählt, das hat sie mir gesagt, als ich sie damals fragte.

»Es ist besser, wenn sie es nicht weiß«, hatte sie gesagt. »Sie würde sich nur unnötig Gedanken machen.«

Aber dass ich damit belastet war, hatte sie scheinbar nicht gestört.

Lissy ist vielmehr Kollateralschaden meines Plans. Wären die beiden nicht befreundet, dann hätte ich sie einfach in Ruhe gelassen. Wozu eine Bindung aufbauen, die nie da war?

Damals habe ich häufig ihre Puppen aus dem Zimmer gestohlen und an ihnen herumgedoktert.

Ich bin mir sicher, dass meine Eltern dachten, sie erziehen einen Serienkiller. Bei dem Gedanken muss ich fast lachen.

Noch dazu trug ich damals ausschließlich schwarz.

Es kann sein, dass ich zum Mörder werde in ihren Augen. Ja, sie würden es wohl so bezeichnen.

Auch wenn man mir es nicht anmerkt, ich bin ein absoluter Familienmensch. Das war mein einziger Rückzugsort, mein sicherer Hafen, mein Zuhause. Trotz allem habe ich dort immer Liebe verspürt. Seitdem habe ich derartige Emotionen nicht mehr erlebt. Der Rausch von Amphetaminen kommt dem zwar gleich, verflüchtigt sich aber viel zu schnell und die Wochen danach sind umso grausamer, weil der Körper erst einmal damit beschäftigt ist, Serotonin zu produzieren.

Ich nenne mich Rächer. Ich habe eine Lüge verfolgt und bestrafe die Verursacher und Mittäter. Denn diese eine »kleine« Lüge hat mir alles genommen, was ich hatte.

Diese eine Aussage, gesprochen aus deinem Mund, Kathy, hat mich krank gemacht.

Nun bin ich an der Reihe, mir noch einmal eine kleine Lüge zu gestatten. Es wird Zeit, Daniel wieder auferstehen zu lassen. Und das hat lediglich den einfachen Grund, dich noch einmal hochleben zu lassen, bevor du fällst und nie wieder aufstehst. Quasi deine Henkersmahlzeit. Außerdem ist es für mich der höchste Genuss zu sehen, wie naiv und dumm du bist. Ich kann es nicht anders ausdrücken. Wo ist die Frau hin, die jedes Wochenende feiern gegangen ist und nie allein einschlafen musste, wenn sie es nicht wollte. Hast du das alles etwa für Daniel aufgegeben?

Ich würde an dieser Stelle Mitleid empfinden, wenn ich diese Emotion besäße. Aber bei mir herrscht nur noch eine. Und das ist abgrundtiefer Hass gepaart mit Mordlust.

Lissy hat sich seit der Verlobungsfeier auch nicht mehr mit dir sehen lassen.

Ich habe eure Unterhaltung aus der Ferne belauscht. Peinlich, Kathy. Echt peinlich für dich. An deiner Stelle würde ich mich ebenfalls schämen.

Und um deine Frage korrekt zu beantworten: Du hättest besser nie geboren werden sollen! Dann wäre uns allen sehr viel Leid erspart geblieben, und ich wäre nicht so geworden, wie ich bin.

59

Damals

Was war hier gerade passiert? Sie atmete immer noch laut hörbar, als wäre sie vor dem Teufel persönlich weggelaufen. Sie rannte zum Bus, um diesen noch in der letzten Minute zu erreichen. Die anderen bedachten sie mit seltsamen Blicken.

Die Fahrt konnte gar nicht schnell genug herumgehen. Sie wollte sich die Decke über den Kopf ziehen, weinen und alles vergessen. Sie fühlte sich eklig und benutzt.

Der Bus hielt, und die breiten Türen spuckten sie unbarmherzig heraus. Niemanden interessierte es, welchen Horror sie gerade durchlebt hatte. Niemand interessierte sich für sie. Ein verwirrtes, aufgebrachtes Mädchen war nichts Besonderes in der Gesellschaft. Man schob diese Launen der Pubertät zu oder einer unglücklichen Liebschaft, die gerade ihr Ende gefunden hatte. Keinesfalls jedoch dachte man an Schlimmeres. Warum auch? Das passierte in einem so behüteten Viertel wie diesem doch nie. Oder man bekam es einfach nicht mit.

Die letzten Meter rannte sie nach Hause. Ihr Atem brannte in der Lunge wie Feuer. Doch der Schmerz war ihr in diesem Moment gleichgültig. Er bewies viel mehr, dass sie noch lebte.

Sie schloss die Tür auf. Leere. Niemand befand sich im Haus. Papa war noch arbeiten und würde nicht vor zwanzig Uhr nach Hause kommen. Sie war auf sich allein gestellt.

Alles so wie immer. Nur dass sie gerade einen Albtraum durchlebte.

Umgehend rannte sie in ihr Zimmer, schmiss sich ins Bett und zog die Decke bis über die Ohren.

Sie weinte stumm. Dachte an Mama.

Noch immer konnte sie die Geschehnisse der letzten Stunden nicht einordnen. Sie war so naiv. Und dumm.

Der bloße Gedanke daran war ihr zuwider. Sie hatte eine Gänsehaut am ganzen Körper vor Ekel.

Ruckartig warf sie die Bettdecke zurück, begab sich ins Bad, entkleidete sich und duschte. Dabei kratzte sie mit ihren Fingernägeln so scharf über ihre Haut, dass diese vereinzelt aufriss und blutete. Sie wollte sich selbst bestrafen, denn irgendetwas musste sie ja getan haben, um ihn zu seinem Handeln zu verleiten.

Sie kramte die Rasierklinge aus dem Versteck hinter den Handtüchern. Auch wenn dies ihr Bad war und ausschließlich von ihr benutzt wurde, so wollte sie keinesfalls, dass Papa doch einmal ihr Versteck finden und sie umgehend einweisen würde.

Für einen kurzen Moment überlegte sie, wie es wohl wäre, einen tieferen Schnitt zu setzen, langsam auszubluten. Der Gedanke fühlte sich tröstlich an, aber noch war sie nicht bereit, zu gehen.

Sie musste mit jemandem darüber reden. Über alles.

Das Leid hatte nicht heute begonnen. Sie wusste schon länger, dass mit ihr etwas nicht stimmte. Die Narben auf ihrem linken Arm bewiesen es.

Mama … ich brauche dich so sehr. Du fehlst mir jeden Tag. Siehst du, was aus mir geworden ist? Ein wehrloses Ding. Papa interessiert sich nicht für mich. Er ist viel zu sehr damit beschäftigt, zu trauern, obwohl du schon so lange weg bist. Ihr habt mich beide allein gelassen … Warum?

Kraftlos sank sie an der kalten Wand herunter und weinte. Dicke Tränen liefen ungehindert die Wange herunter und tropften auf ihren nackten Körper.

Sie mischten sich mit dem Blut, das aus ihren Verletzungen tropfte. Sie wusste nicht einmal, wie lange sie in diesem Zustand dort gesessen hatte. Als sie die unverkennbaren Schlüssel in der Eingangstüre hörte, zog sie sich hastig an und verkroch sich wieder in ihrem Zimmer. Sie hoffte, dass Papa von sich aus nach ihr sehen würde, was er selten tat. Sie hatte keine Kraft mehr.

Seine Stimme riss sie aus dem Schlaf, als er sie bei ihrem Namen rief. Sie musste wohl eingenickt sein.

»Hm?«, murmelte sie.

»Ist alles in Ordnung bei dir?«, fragte ihr Vater sie besorgt.

In dem Moment konnte sie die Tränen nicht mehr aufhalten. Sie brachte kaum ein Wort heraus.

Er nahm sie ein wenig unbeholfen in den Arm. Es war lange her gewesen, dass er sie richtig in den Arm genommen hatte.

Sie erzählte ihm mit wenigen Worten, was passiert war. Er blieb ruhig. Schon fast zu ruhig.

Sie wusste in dem Moment selbst nicht, was sie erwartete.

»Wir müssen das melden«, sagte er.

»Ich will ihn anzeigen! So jemand darf nicht frei herumlaufen.« Inzwischen waren ihre Gedanken fokussiert und sie fühlte nur noch Wut.

»Bist du sicher, dass du das durchleben möchtest?«, fragte

er sie sachlich. »Du wirst alles noch einmal aussagen müssen. Vor der Polizei und vor Gericht.«

»Ja, will ich.«

»Kathy … rede erst einmal mit dem Vertrauenslehrer. Melde ihm, was passiert ist. Er wird seine Stelle verlieren. Ich glaube, damit ist er gestraft genug. Alles weitere wird dich psychisch kaputt machen.«

Er schaute sie ernstlich besorgt an.

Damals hatte sie geglaubt, dass er sie hatte beschützen wollen. Er musste es ja wissen, denn er war Psychiater. Sie vertraute ihm, und so hatte sie seinem Vorschlag zugestimmt.

Wäre sie mit dem Wissen von heute in der damaligen Situation gewesen, dann hätte sie gekämpft. Sie hätte es zu einem Prozess kommen lassen.

Sie hätte der ganzen Welt erzählt, was passiert war.

Doch sie war zum Stillschweigen überredet worden. Hatte lediglich mit dem Vertrauenslehrer und Direktor gesprochen. Der besagte Lehrer verlor seine Stelle. Sie würde ihn nie wieder sehen, und das war der einzige Trost gewesen, aber Genugtuung verlieh es ihr keinesfalls.

Danach war wieder Alltag eingekehrt, doch wie es ihr tief in ihrem Inneren erging, hatte niemanden so wirklich interessiert. Sie hatte nicht einmal eine beste Freundin, mit der sie sich austauschen konnte. Sie fühlte sich so einsam. Leer.

Erst Jahre später würde sie das Geschehene einholen.

Brutal und vorsätzlich.

Mittlerweile war sie sich der Geschehnisse nicht mehr so sicher. Vielleicht hatte ihr Vater auch nur größeres Aufsehen verhindern und sein Ansehen bewahren wollen. Sie wusste nicht mehr, was sie denken sollte. Wie hätte sie gehandelt, wenn ihrer Tochter Derartiges widerfahren wäre?

Definitiv anders.

Das einzig Schöne an der ganzen Sache, wenn man es so nennen konnte, war, dass ihr Vater ihr in den Wochen nach dem Vorfall mehr Aufmerksamkeit geschenkt hatte als üblich. Sie hatten sich unterhalten, Ausflüge unternommen. Gar fast eine gesunde Vater-Tochter-Beziehung gehabt.

Doch schon bald verkroch er sich wieder in seinem Schneckenhaus, und sie war wieder auf sich allein gestellt.

60

Samstag. Kathy schaute aus dem Wohnzimmerfenster direkt in den Himmel, an welchem sich dichte dunkle Wolken gesammelt hatten, die bereit waren, sich jeden Moment über der Stadt zu ergießen. Noch ein Grund mehr, das Haus heute nicht mehr zu verlassen und es sich auf der Couch gemütlich zu machen, wobei bei ihr wenig Gemütlichkeit aufkommen wollte. Sie hatte sich nicht einmal die Mühe gemacht, das Licht anzumachen und geisterte nun schon seit einer Stunde durch das Halbdunkel, von Fenster zu Fenster. Auf der Suche nach einem Sinn, nach Antworten. Doch diesen würde sie nur zweifelhaft am finsteren Horizont finden.

Tausend Dinge schossen ihr zugleich durch den Kopf.

Du musst mit Papa sprechen, frag ihn, warum er so gehandelt hat. Warum er dich allein gelassen hat. Warum er dich vergessen hat, seine einzige Tochter.

Kathy zündete sich eine Zigarette an und sog das Nikotin tief ein. Es drang bis in die feinsten Kapillaren, und sie spürte bereits nach dem ersten Inhalieren ein Kribbeln im Körper.

Es war Nachmittag. Sie hatte lange geschlafen, traumlos. Mittlerweile nahm sie fast jeden Abend prophylaktisch ihre Beruhigungstabletten, sich der Tatsache wohl bewusst, dass diese abhängig machten, aber was kam es auf eine Sucht mehr oder weniger noch an?

Sie wusste, dass sie vor dem Abgrund stand. Vor dem Abgrund der Vergangenheit. Das, was sie von ihren Patienten täglich erwartete, stand ihr nun selbst bevor. Sich mit den dunklen Schatten des Lebens auseinanderzusetzen. Ohne die Hilfe von erheiternden Substanzen.

Sie befand sich derzeit in einer Phase der Prokrastination. Jeden Tag erfand sie eine neue Ausrede, die ihr passend erschien, den Beginn der Behandlung zu verschieben. Sie nahm zwar nach wie vor die Termine bei Frau Dr. Kerth wahr, aber fürchtete sich schon jetzt vor der nächsten Stunde. Danach ging es ihr immer noch schlechter als ohnehin schon. Sie wollte nicht jedes Mal wieder neu an alles erinnert werden, geschweige denn darüber sprechen. Es reichte ihr schon, dass sie an nichts anderes mehr denken konnte.

Es ist ganz einfach. Ein Schnitt. Und du bist erlöst. Du hast doch schon oft daran gedacht. Gib es zu. Sei ehrlich.

Sie dachte an die Notiz von neulich.

SO NICHT.

Wer auch immer diese Nachricht an sie geschrieben hatte, wollte jedenfalls nicht, dass sie auf diese Weise aus dem Leben schied.

Irgendwo tief in ihrem Inneren befand sich noch ein kleines bisschen Lebenswillen, welcher kämpfen wollte.

Sie drückte ihre Zigarette in einer leeren Tasse aus und wollte sich gerade in die Küche begeben, um sich eine Flasche Wein zu öffnen, als das Handy lautstark vibrierte und das Holz, worauf es lag, zum Beben brachte. Vor Schreck ließ sie beinahe den Flaschenöffner aus der Hand fallen.

Auf der nackten Oberfläche der hellen Anrichte leuchtete ihr das Display entgegen, und sie sah den Namen, den sie schon beinahe vergessen hatte.

Daniel.

Aus ihr unerfindlichen Gründen hatte sie es nie über

das Herz gebracht, seine Nummer zu löschen, in der leisen Hoffnung, dass er sich irgendwann noch einmal melden würde. Genauso wie sie es mit Stefan gemacht hatte, doch dieser hatte sich nie wieder bei ihr gemeldet.

Ausgerechnet in jenem Moment, in welchem sie innerlich mit sich rang, welche Argumente noch dafür sprachen zu leben, meldete er sich. Schicksal?

Mit gemischten Gefühlen beugte sie sich herunter und nahm das Gerät in ihre Hand. Sie war wütend, erfreut, aufgeregt und irgendetwas zwischen ängstlich und panisch.

Hastig entkorkte sie den Wein, machte sich nicht die Mühe, ein Glas zu holen, sondern trank direkt aus der Flasche. Dann zündete sie sich noch eine Zigarette an. Sie war bereit.

Mit kalten Fingern entsperrte sie den Bildschirm, öffnete die Nachricht und begann zu lesen:

Liebe Kathy,

ich weiß nicht so recht, wie ich beginnen soll oder was du hören willst. Ich weiß nicht einmal, ob du diese Nachricht überhaupt noch liest. Für mein Verhalten gibt es keine Entschuldigung und doch fühle ich mich verpflichtet, dir die Wahrheit zu sagen.
Als wir uns kennenlernten, da habe ich gelogen. Ich war nicht auf Geschäftsreise. Ich befand mich zu dem Zeitpunkt in Therapie. Um ehrlich zu sein, Chemotherapie.

Ich wusste nicht, ob ich überleben würde und der Austausch mit dir hat mir sehr gutgetan und Kraft gegeben, zu kämpfen.
In den darauffolgenden Wochen ging es mir körperlich immer schlechter und ich dachte mir, ich lass dich lieber in Ruhe, als dass ich dich mit in mein Leid ziehe.
Doch ich habe überlebt und die Krankheit besiegt.
Ich möchte mich aufrichtig entschuldigen, dass ich nicht von Anfang an ehrlich zu dir war.
Der Gedanke an dich hat mich stets wieder aufgerichtet und ich danke dir dafür, dass du mir geholfen hast, ohne dass du es wusstest.
Ich hoffe sehr, von dir zu hören und dich vielleicht sogar im echten Leben zu treffen.

Ehrliche Grüße
Daniel

Kathy stockte der Atem. Sie hatte mit allem gerechnet, aber keinesfalls mit einer solchen Geschichte. Mit einem Mal schämte sie sich für ihre Gedanken der letzten zwei Monate. Sie hatte ihn verflucht, zum Teufel gewünscht, gehasst. Wer hätte auch wissen können, dass hinter allem eine schwere Erkrankung steckte, die es ihm unmöglich gemacht hatte, sich bei ihr zu melden.

Und mit einem Mal merkte sie, dass sie ebenfalls Teil der Gesellschaft war, die sie verachtete. Eine Gesellschaft, welche oberflächlich und pauschal urteilte. Urteile basierend auf der Häufigkeit von ähnlich geschehenen Ereignissen.

Der eigene Mann macht ständig Überstunden? Er geht sicher fremd. Doch in Wirklichkeit möchte er nur mehr Geld anschaffen, um seiner Frau ein besonderes Geschenk zu machen.

Der Typ meldet sich urplötzlich nicht mehr? Er hat bestimmt eine Bessere gefunden. In Wirklichkeit liegt er im Krankenhaus und kämpft um sein Leben.

Ein junges Mädchen rennt nach Hause, völlig aufgelöst? Sie wurde bestimmt von ihrem Freund sitzengelassen oder irgendein ähnliches Teenager-Szenario. Nein! Sie wurde vergewaltigt!

So hatte sie sich gefühlt, als sie damals panisch weggerannt war und sich niemand dafür zu interessieren schien, was sie kurz vorher durchleben musste.

Man müsste schon sehr dreist sein, Krebs als Ausrede zu nehmen. Allein dieser Gedanke beschämte sie erneut.

Sie legte ihr Handy auf die Küchenzeile. Trank einen großen Schluck aus der Flasche. Noch immer fassungslos.

Sie trank und rauchte abwechselnd und überlegte, wie sie am besten auf diese Nachricht antworten konnte. Alle Sätze, die ihr in den Sinn kamen, schienen unpassend. Es gab nicht genug Worte, um ihre Schande wieder gutzumachen. Es gab überhaupt keine Worte dafür.

Als die Flasche beinahe leer war, wurden ihre Gedanken ruhiger und sie tippte:

Lieber Daniel.

Nun bin ich es, die nicht weiß, was sie sagen soll. Ich habe mit allem gerechnet, aber niemals mit dieser Geschichte. Ich muss zugeben, dass ich anfänglich sehr enttäuscht und verletzt war, als du dich plötzlich nicht mehr meldetest, aber diese Gefühle sind mit einem Mal verflogen, als ich deine Nachricht eben las.
Es tut mir aufrichtig leid, dass ich dich verurteilt habe, ohne dich wirklich zu kennen.
Umso mehr freue ich mich, dass du die Krankheit besiegt hast.
Ich kann es noch gar nicht fassen, von dir zu hören.
Ich glaubte, du hättest mich vergessen und eine andere gefunden. Das war sehr kindisch von mir.
Es tut mir von Herzen leid.

Kathy

P.S.: Ich würde mich aufrichtig freuen, dich im wahren Leben kennenzulernen.

61

Ha, ich wusste, dass du meine Nummer nicht gelöscht hast. Das war einfacher als gedacht, aber wer kann auch schon einem armen Kerl böse sein, welcher dem Tode gerade noch von der Schippe gesprungen ist. Dafür bist du deinem umso näher, meine Liebe.

Ich lehne mich in meinem Stuhl zurück und beobachte dich auf dem Monitor.

Die Flasche ist leer, und der Aschenbecher quillt auch langsam über. Meine Güte. Dich scheint das Schicksal des leidenden und trotzdem reuevollen Daniels ja wirklich mitgenommen zu haben. Ich sollte Autor werden oder so was.

Aber bevor ich mich mit dir treffe, muss ich noch eine Sache erledigen. Dann steht unserem Happy End nichts mehr im Wege.

62

Kathy hatte es eilig, von der Teamsitzung mit ihren Kollegen wegzukommen. Sie war zum Ende ihrer Schicht anberaumt worden und hatte sich schon viel zu sehr in die Länge gezogen.

Sie wollte umgehend nach Hause, es sich mit einem Glas Wein gemütlich machen und mit Daniel schreiben. Der bloße Gedanke an die Unterhaltungen mit ihm ließ sie wieder aufleben.

Doch plötzlich hielt sie jemand sanft am Arm fest.

»Hast du meine Nachricht bekommen?«, hauchte er ihr zu.

Jan Ziegler.

»Was?«, fragte sie entgeistert. Verwirrt von seiner Berührung und Frage zugleich, löste sie sich aus seinem Griff.

Er schaute sie an. Die Welt schien stillzustehen. Zumindest für ihn.

»Ich glaube, wir müssen reden.«

Kathy hielt inne. Ihre rasenden Gedanken kamen mit einem Mal zu einem Punkt.

Sie kannte diese Worte doch.

War die Nachricht von ihm gewesen? Dieser verdammte Zettel?

Aber wenn er sie geschrieben hatte, war die andere Nachricht auch von ihm? Kathy verstand gar nichts mehr. Plötzlich war ihr schwarz vor Augen und eine Welle der Panik überkam sie.

Sie lehnte sich an die Wand. Ihr Gesicht musste wohl die gleiche blasse Farbe angenommen haben wie diese.

»Was ist los?«, fragte er belustigt. »Hast du einen Geist gesehen?«

»Sag mir einfach nur, ob du neulich so früh an mein Büro geklopft hast.«

»Wovon sprichst du?«, fragte er verdutzt.

»Sag es mir einfach. Warst du das?«

»Wann soll das denn gewesen sein?«

»Vor einer Woche oder so. Morgens zwischen vier und fünf ...«

»Erstens einmal, was hattest du um diese Uhrzeit schon hier zu suchen? Und zweitens, nein, ich war es nicht. Meine Schicht beginnt um acht, und ich fange nie auch nur eine Minute früher an. Das weißt du.«

»Und du sagst auch ganz sicher die Wahrheit?«

»Kathy, was soll das? Natürlich sage ich die Wahrheit. Aber von mir aus kannst du auch gerne noch die Sicherheitskameras checken.« Jetzt wirkte er beinahe beleidigt.

Kathy realisierte in dem Moment, dass sie vollkommen überreagierte.

»Es tut mir leid«, entschuldigte sie sich leise. Sie wollte keinesfalls, dass er sah, wie die Fassade vor seinen Augen langsam bröckelte. Nicht er. Niemand.

Sie wendete sich ab und murmelte etwas von »schlecht geschlafen«, bevor sie den langen Gang hinabging, um sich im versteckten Winkel des Hinterhofes eine Zigarette anzuzünden.

Doch er lief ihr nach und hielt sie wieder am Arm fest.

»Lass uns reden, Kathy.«

»Worüber?«

»Alleine, dass du diese Frage stellst, zeigt mir, dass du nichts begriffen hast.« Jan wandte sich ab.

Sie schaute ihm hinterher. Falls er über ihre Liaison sprechen wollte, die damals sehr ruckartig geendet hatte, so war es ihr gleichgültig.

Sie hatte gerade andere Sorgen. Jemand wollte ihr schaden. Jemand wollte, dass sie dachte, sie sei verrückt. Jemand aus dieser Klinik musste es sein, denn außerhalb dieser Gemäuer hatte sie nur noch Lissy.

War es Jan?

Die Wände des Flures schienen sich immer schneller auf sie zuzubewegen und engten sie mit einem Mal ein. Sie schnappte nach Luft, als seien ihre Atemwege abgeschnürt.

Sie hatte das Gefühl, als befände sie sich nun in der Rolle des irren Patienten, den alle begutachten wollten wie ein seltenes Tier im Zoo. Sie fühlte unzählige Blicke auf sich gerichtet. Kollegen, Patienten.

Vor hundert Jahren hätte man sie wohl an eine Wand angekettet und sie ihrem grausamen Verstand überlassen, welcher sie von innen heraus auffraß.

Um dies zu verhindern, verließ sie schnellen Schrittes das Gebäude, setzte sich in ihr Auto und fuhr auf direktem Wege nach Hause, denn die nächste Panikwelle überkam sie stärker als je zuvor.

63

Frau Dr. Kerth schaute noch einmal in ihren Terminkalender, um sicherzugehen, dass sie es nicht war, die sich mit den Zeiten geirrt hatte. Aber nein. Dort stand in ihrer Handschrift geschrieben: Kathy von Bergen.

Der angesetzte Termin wäre schon vor einer halben Stunde gewesen, aber bisher hatte sich die Patientin noch nicht blicken lassen. Sie stand auch nicht rauchend auf dem Gehweg, wie sie es schon ein paarmal vor den Terminen gemacht hatte, um ihre Nerven zu beruhigen. Ein Trugschluss. Denn das Nikotin förderte vielmehr den Herzschlag, als dass es diesen entschleunigte. Sie hatte das Rauchen vor Jahren aufgegeben.

Da dies der erste Termin war, den die junge Frau nicht wahrnahm, hielt sich ihre Sorge noch in Grenzen. Es war nicht ungewöhnlich, dass Patienten unmittelbar nach der Aufdeckung eines schweren Traumas zunächst nicht imstande waren, weitere Therapiesitzungen in Angriff zu nehmen. Vielleicht hatte sie den Termin schlichtweg vergessen. Sie würde ihr trotzdem eine Nachricht hinterlassen mit der Bitte, sich bei ihr zu melden.

64

Martin von Bergen saß eingesunken auf der Bettkante. Es war mitten in der Nacht, und in wenigen Stunden musste er schon wieder auf der Arbeit sein.

Er hielt ein Glas Whiskey in der Hand. Die Flüssigkeit war schon warm und ungenießbar. Trotzdem nahm er einen Schluck.

Doch was ihn wach hielt, waren nicht seine Patienten oder der Umstand, dass die Trauer um seine Frau noch genauso schmerzlich war, wie an dem Tag, als sie verstorben war.

Was ihn wach hielt, war die Tatsache, dass er versagt hatte. Und da konnte er nicht einmal mit Susanne drüber reden, denn er schämte sich zu sehr.

Er wusste, dass er damals falsch gehandelt hatte, als Kathy seine Hilfe brauchte. Und nun, viele Jahre später, sah er eine Retraumatisierung nach Lehrbuch am Fallbeispiel seiner eigenen Tochter, die er auf seine seltsame Weise versucht hatte, zu beschützen.

Im Grunde war es purer Egoismus gewesen, der ihn zu seinem Handeln verleitet hatte. Er war der Trauer gänzlich verfallen und hatte dabei nicht gemerkt, wie schlecht es seiner Tochter wirklich erging. Und da es laut ihren Angaben nicht zum Vollzug der Vergewaltigung gekommen war, war er der Sache nicht weiter nachgegangen und hatte sich auf das Wort eines jungen Mädchens verlassen.

Hatte sie das Geschehene runtergespielt? War mehr passiert? Das waren alles Fragen, die er damals Kathy hätte stellen sollen und nicht zu nächtlicher Stunde sich selbst.

Wenn er jetzt nichts unternahm, verlor er auch noch seine Tochter. Wenn er dies nicht schon vor Jahren hatte.

65

Sie schaut mich mit angsterfüllten Augen an. Es war ein Leichtes, sie zu überwältigen und zu fesseln.

Erbärmlich sieht sie aus. Die starke, selbstbewusste Frau, die nun um Gnade bettelt. Aber ich kann keine Ausnahmen machen. Nicht, wenn ich den Weg des Rächers bis zum Schluss gehen will. Und ich habe mich für diesen Weg entschieden. Es gibt kein Zurück mehr. Ich tue das für ihn, müssen Sie wissen. Für Papa.

Keiner hat ihm geglaubt, außer mir. Und ich habe alles mitansehen müssen. Ich habe ihn gefunden, als er sich selbst aufgegeben hat.

Niemals vergesse ich den Anblick des bläulich angelaufenen Körpers, der von der Decke baumelte.

Man konnte den Tod im Raum spüren. Es war nur mehr ein Gefühl, aber er strahlte eine Kälte aus, bereit, die Klauen auszufahren und einen mitzuziehen. An jenem Tag hatte sich etwas in mir verändert. Der Tod hatte zwar nicht mein Leben bekommen, aber er hatte meine Emotionen gestohlen. Alle bis auf eine. Hass.

Ich habe in die toten Augen meines Vaters gesehen, aus denen in der letzten Sekunde seines erbärmlichen Lebens noch eine Träne geflossen war.

Eine Träne der Verzweiflung und der Kapitulation. Jedoch nicht aus Schuld, sondern aus der Erkenntnis heraus, dass er den Kampf gegen die Vorurteile der Gesellschaft verloren hatte. Er würde sein Stigma nicht mehr losbekommen. Sein Tod bestätigte dieses eher noch.

Und diesen Blick, der all diese Emotionen ausdrückte, werde ich ebenfalls niemals vergessen. Er gibt mir täglich Kraft, für ihn zu kämpfen. Ich möchte nicht nur seine Unschuld beweisen, sondern gleichzeitig der Gesellschaft den Spiegel vorhalten, die ihn zum Gehassten machte, weil sie sich nicht die Mühe gemacht hatte, ihn nach der Wahrheit zu fragen. Warum auch? Die Anklägerin war ein junges Mädchen. Ein Prozess war unnötig. Die Moral verbot es, die Worte des Opfers infrage zu stellen.

Ausgerechnet von jenem jungen Mädchen, dessen sich mein Vater angenommen hatte, weil er bemerkt hatte, dass es ihr nicht gut ging und sie sich selbst verletzte. Sie schien mit niemandem sonst darüber reden zu können als mit ihm.

Und dann erzählte sie so etwas?

»Warum?«, fragt sie. Tränen vermischen sich mit Rotze, und ich wende mich angeekelt ab.

»Alleine, dass du diese Frage stellst, zeigt mir, dass du nichts verstanden hast.«

Ich mache es kurz. Sie zappelt wild, als ich meine Hände um ihren Hals lege und ihr die Luft abdrücke.

Nach ein paar Minuten atmet sie nicht mehr, und ihre toten Augen sehen mich fragend an. Sie sieht so hässlich aus.

Ich drücke zur Sicherheit noch weiter zu. Nicht, dass sie doch plötzlich wieder atmet. Ich darf mir keine Fehler erlauben.

Schließlich lasse ich von ihr ab und bin mir sicher, dass sie nicht mehr lebt. Ich muss sagen, obwohl dies mein erster Mord ist, bin ich ruhig. Um ehrlich zu sein, empfinde ich keine Reue. Vielmehr erfüllt mich Genugtuung und Befriedigung. Eine angenehme Abwechslung zum stetig gefühlten Hass.

»Mama«, sage ich und streiche ihr über die Wange. *»Bis dass der Tod euch scheidet,* hättest du ernst nehmen sollen. Warum hast du ein Ehegelübde abgelegt? Warum hast du ihm gesagt, dass du ihn lieben und ehren willst, für immer für ihn da sein willst, um ihn zu verlassen und sich wie eine Schlampe an den Nächstbesten zu hängen? Du hast dir dein Grab selbst geschaufelt. Schlaf gut.«

66

Nach der Begegnung mit Jan Ziegler meldete Kathy sich krank. Sie war ein nervliches Wrack und es kümmerte sie momentan wenig, ob sie ihren Job verlieren würde.

Sie hatte die Nachricht ihrer Therapeutin gesehen, aber keine Muße gefunden, darauf zu reagieren.

Sie war an dem Punkt angelangt, an dem sie keinerlei Kraft mehr hatte. Jede noch so kleine Aufgabe kostete sie extreme Anstrengung. Wäre sie ihre eigene Patientin, würde sie bei sich selbst mindestens eine schwere Depression diagnostizieren. Und das war erst der Beginn ihrer Anamnese.

Sie kannte sich aus.

Das Prinzip ist einfach. Menschen fallen immer in gleiche oder ähnliche Verhaltensmuster, je nachdem, was zuvor geschehen ist.

Ist ein Individuum als Kind viel vernachlässigt worden, so wird sich dieser Mensch im Laufe seines Lebens niemals richtig wertgeschätzt fühlen. Sucht Liebe, hängt sich an andere heran und wird stets das Gefühl haben, nicht gut genug zu sein, begleitet von der konstanten Frage des inneren Kindes, warum es nicht wert sei, geliebt zu werden.

Ist ein sehr junges Individuum Opfer einer Gewalttat geworden, sei sie nun sexueller oder anderer Natur, so wird dieser Mensch je nach Schweregrad des Traumas womöglich jahrelang verdrängen, was passiert ist, denn das Kind konnte die Bilder zum damaligen Zeitpunkt noch nicht verstehen. Oftmals äußert sich das Trauma in der Jugend durch auffälliges Verhalten wie Essstörungen, selbstverletzendes Verhalten oder kriminelle Aktivitäten. Unbewusst der Geschehnisse, die noch immer im dichten Nebel des Unbewussten liegen. Andere wiederum entwickeln eine zweite Persönlichkeit, meist eine stärkere, selbstbewusste, die den Opferanteil der Persönlichkeit schützt. Der Körper ist in seiner Gesamtheit ein Wunderwerk und hat seine ganz eigenen Schutzmechanismen.

Kathy hatten all diese Sachen fasziniert, als sie studiert hatte, und sie hatte es kaum abwarten können, endlich auf der geschützten Station zu arbeiten. Doch seitdem erging es ihr schlimmer. Womöglich, weil sie sich immer mehr verstand.

Ihr Vater hatte recht behalten. Sie war nicht für diesen Härtegrad gemacht. Dafür ging es ihr selbst nicht gut genug.

Seit drei Tagen verbrachte sie die Zeit damit, lange auszuschlafen, zwischen Couch und Bett zu wechseln, Fernsehen zu schauen, Wände anzustarren, Wein zu trinken, Zigaretten zu rauchen.

Doch ihr Wein- und Zigarettenvorrat war nahezu aufgebraucht. Sie musste raus. Ob sie wollte oder nicht, denn sie hatte keine Intention, die nächsten Tage nüchtern zu verbringen.

Sie musste es jetzt hinter sich bringen.

Als sie im Flur am Spiegel stehen blieb, erschrak sie vor ihrem eigenen Bild. Die blasse Frau mit dem wirren Haar und den dunklen Augenringen erkannte sie nicht wieder. Noch dazu trug sie eine ausgebeulte Jogginghose und einen zerschlissenen Pulli, den sie Stefan nie zurückgegeben hatte. Jedoch hatte er seinen Duft schon seit langem verloren.

Sie zog sich einen Schlapphut auf und eine übergroße Sonnenbrille und sah damit aus wie eine prominente Person, die um keinen Preis erkannt werden möchte, es aber mit dem Aufzug nur offensichtlicher machte.

Etwa zehn Minuten später hastete sie mit ihrem Einkaufskorb am Arm durch den Laden, kaufte Vorräte für die nächsten Tage und hoffte, dass sie auf niemanden treffen würde, den sie kannte. Vermutlich hätte sie sowieso niemand in dem Aufzug erkannt. Sie tat es selbst nicht einmal.

Die Flaschen klirrten in ihrer Einkaufstasche, als sie diese kurz darauf auf dem Beifahrersitz ihres Wagens abstellte. Sie wollte gerade den Motor starten, als sie in der Ferne jemanden stehen sah, der sie eingehend zu beobachten schien. Fast meinte sie, das Gesicht zu kennen. Doch die Person war zu weit weg, als dass sie es mit Bestimmtheit hätte sagen können.

Eilends fuhr sie nach Hause, weg von dieser Person, die wahrscheinlich auch nur Produkt ihrer derzeit überreizten Fantasie war. Ihre eigenen vier Wände schienen ihr noch am sichersten. Zumindest schützten sie vor neugierigen und verurteilenden Blicken.

Aber nicht vor ihren eigenen Gedanken.

Wie soll das jetzt weitergehen mit uns? Willst du dich für immer verbarrikadieren, dich betrinken und langsam dahinvegetieren?

Sie versuchte schon alle Punkte zu addieren, die ihr Leben bereicherten, stattdessen konnte sie nur vom derzeitigen Momentum aus subtrahieren. Unterm Strich verblieb nicht mehr viel. Zu wenig, um zu überleben.

Willst du noch leben?

Dass diese Frage in letzter Zeit immer häufiger durch ihren Kopf schoss, machte ihr Angst, denn mit jedem Mal wurde sie lauter und drängender.

Doch sie weigerte sich, als Opfer zu sterben. Sie wollte kämpfen, nur fehlte ihr im Augenblick die Kraft dazu und sie hatte keinen, dem sie sich anvertrauen konnte.

Ihr verblieb nur noch eine Person.

Ein letzter Halm, an den sie sich noch klammern konnte.

67

Daniel, kann ich dich etwas fragen?

Aber gerne, du kannst mich alles fragen.

Hattest du schon einmal das Gefühl, den Verstand zu verlieren?

Puh, gute Frage. Aber ja, tatsächlich hatte ich einen solchen Moment schon …

Wie hast du es geschafft, diesen Moment zu überstehen?

Ich habe mir ein Ziel gesucht, für das ich kämpfen wollte, und das hat mir die Kraft gegeben, vom Boden aufzuschauen und mich auf anderes als auf mich selbst zu konzentrieren. Aber wie kommst du auf eine solche Frage?

Ich weiß nicht, ob du das hören willst. Es ist eine sehr düstere Geschichte …

Ich höre dir gerne zu.

Okay … Ich habe mich kürzlich erst wieder daran erinnert, dass mir etwas

Schlimmes geschehen ist, als ich jung war. Ich dachte eigentlich, dass ich darüber hinweg wäre, weil es so lange her ist, aber irgendwie geht es mir nur noch schlechter. Ich sehe und höre Dinge, die nicht da sind. Ich habe Panikattacken ohne Grund. Und irgendwie habe ich es geschafft, jeden Menschen von mir zu vertreiben, der mir noch nahestand. Ich fühle mich einfach so einsam.

Darf ich fragen, was dir widerfahren ist?

Es fällt mir schwer, darüber zu sprechen …

Du musst es nicht sagen, wenn du nicht willst.

Ich wurde Opfer sexueller Gewalt. Als ich es meinem Vater jedoch damals erzählte, nahm er mich nicht ernst, und der Täter kam meines Erachtens viel zu glimpflich davon. Diese eine Situation hat mein ganzes Leben nachteilig geprägt bis zum heutigen Tag.

Wer hat dir das angetan?

Er war ein Lehrer an meiner Schule …

Justus Lehnhardt?

Woher weißt du das?

Ich kannte ihn.

Das haben damals nicht viele mitbekommen. Woher weißt du davon? Hat er es bei anderen auch gemacht oder wie?

Weißt du, was aus ihm geworden ist?

Er verlor seinen Job, und dann habe ich ihn nie wiedergesehen, aber woher kennst du ihn?

Ich erzähle dir, was mit ihm passierte. Nachdem er seine Stelle verlor, wollte ihn keiner mehr einstellen. Einen Mann, der ein junges Mädchen angepackt haben soll, will ja keiner an seiner Schule haben. Pädophile dürfen nicht unterrichten.
Er blieb zu Hause, fing bald darauf an zu trinken, vernachlässigte seine Frau und Kinder.
Bald begann seine Frau eine Affäre mit einem Arbeitskollegen, trennte sich von ihm und nahm eines der Kinder mit. Die Familie zerriss.
Sohn und Vater blieben zurück.
Der Vater widmete sich immer mehr dem Alkohol, wollte vergessen.

Der Sohn erfuhr erst Jahre später, was die Familie entzweit hatte. Kurz darauf fand er seinen Vater, der sich in der Garage erhängt hatte.

Justus Lehnhardt war mein Vater.

Und du hast ihn getötet. Mit einer einzigen Lüge hast du eine ganze Familie zerrissen.

Ich bin der Rächer. Sein Rächer.

Und ich komme, dich zu holen.

Kathy schmiss das Handy von sich, als stünde es im Begriff, sie zu verbrennen. Die Panikattacken, die sie zuvor schon gehabt hatte, waren nichts im Vergleich zu dem Gefühl, dass sie gerade übermannte. Es nahm ihr die Kraft zum Stehen, und sie sank auf dem Boden zusammen.

Welche Lüge? WELCHE LÜGE?

Sie war vergewaltigt worden und musste sich nun dafür rechtfertigen?

Wer war dieser Kerl? Wer war Daniel? Was wollte er von ihr? War das alles ein schlechter Scherz?

Ihr Herz klopfte bis zum Hals und drohte zu zerspringen. Ihr war übel vor Angst.

Als ihr Handy klingelte, schrie sie auf.

Sein Name prangte auf dem Display, und trotzdem nahm sie wie ferngesteuert ab und hielt sich das Gerät zitternd ans Ohr.

»Ich sehe dich, Kathy«, flüsterte eine Stimme, die ihr seltsam vertraut und doch so fremd war. Es klang, als hielte sich die Person ein Tuch vor den Mund, um ihre Identität zu verschleiern.

»Ich sehe dich ganz genau. Erbärmlich, wie du da auf dem Fußboden hockst. Ja, sieh dich nur um. Bin ich etwa in deiner Wohnung? Oder davor? Die Angst in deinen Augen ist unbezahlbar.

Ich mag deine Inneneinrichtung. Sehr gemütlich. Vor allem, wenn du die Standleuchte gedimmt hast und dir die Duftkerzen anzündest, so wie vor ein paar Monaten, als die Welt noch in Ordnung schien. Ich mag den Duft von Orange-Vanille. Sehr beruhigend.

Ja, stehe ruhig auf und sieh dich um.

Kalt. Kaaaaaaaalt … Oh, wärmer. Wärmer. Eher wieder kühl. Wärmer. Wärmer. Warm. Ganz warm. Heiß!!! Du hast mich gefunden. Herzlichen Glückwunsch!«

»Was willst du von mir?«, fragte Kathy mit letzter Kraft.

»Deinen Tod.«

Die Person legte auf.

68

Wölfe jagen ihre Beute im Rudel, drängen sie von der Herde ab, sorgen dafür, dass sie keine Verbündeten mehr hat. Wenn man derartige Szenen in Tierdokumentationen gezeigt bekommt, dann lässt sich manchmal ein Phänomen beobachten.

Es gibt einen Punkt, an dem das Opfer genau weiß, dass es verloren hat und sich einfach ergibt. Ohne zu kämpfen. Es legt sich bereitwillig hin. Und dann lässt es sich willig zerfleischen.

Ich glaube, an dem Punkt bist du gerade angelangt, liebe Kathy.

69

Kathy war starr vor Angst. In ihrer kalten, klammen Hand hielt sie die kleine Kamera, die sie bedrohlich anzuschauen schien, obwohl sie das Überwachungsgerät abgeschaltet hatte. Wie lange stand sie schon unter Beobachtung? Gab es noch mehr davon? Sofort wühlte sie sich durch die Regale und Schränke, schmiss Bücher herunter, riss Kleider von der Stange. Ihre Wohnung sah aus, als wäre ein Tornado durchgezogen. Und in ihren Händen hielt sie drei weitere »Augen«. Wie lange hatte er sie schon beobachtet?

Aber viel wichtiger war die Frage nach dem Warum.

Sie schmiss die Kameras mit einem Schrei des Ekels von sich. Er hatte sie nackt gesehen. Ein Perverser? Wollte er nur das Werk vollenden, was sein Vater begonnen hatte?

Ein Geräusch aus dem Wohnzimmer ließ sie auffahren.

Hatte sie die Balkontüre aufgelassen?

Als sie den Raum betrat, stand diese tatsächlich weit offen und der Wind ließ die weißen Vorhänge gespenstisch tanzen.

Schnell verschloss sie die Tür und atmete tief durch.

»Zu spät«, sagte eine Stimme hinter ihr. »Ich habe einen Schlüssel.«

Kathy wagte nicht, sich umzudrehen, denn sie wusste, wer dort stand, auch wenn sie die Dinge noch nicht logisch übereinbringen konnte.

»Was machst du hier?«, fragte sie apathisch.

»Ach komm, Kathy, stell dich nicht dümmer als du bist.«

»Was willst du von mir?«

»Das habe ich dir doch gesagt«, sagte er ruhig, als erkläre er einem Kind zum wiederholten Mal ein und dieselbe Sache.

Kathy drehte sich langsam um und schaute direkt in seine Augen. Kalte, dunkle Augen. Entschlossen zu morden.

»Wer bist du?«, fragte Kathy ihn, obwohl sie ihn deutlich vor sich sehen konnte.

Er lachte diabolisch.

»Ich habe viele Namen.«

70

Kathy atmete flach. Noch immer konnte sie ihren Augen nicht trauen.

»Daniel hast du ja kennengelernt, aber ich glaube, am besten hast du mich in Erinnerung behalten als den kleinen, verschreckten und doch irgendwie süßen Tim.«

Er hatte seine Stimme bei den letzten Worten verstellt. Tim hatte genauso geklungen. Hohe Stimme. Verletzt und mutlos. Daniels Stimme jedoch war eiskalt, tief und hart. Als wären es zwei völlig verschiedene Menschen. Aber in einer Person. Kathy konnte die Bilder im Kopf nicht sortieren.

Tim. Daniel.

»Lass uns einen Schluck trinken, Kathy, das tust du doch so gerne.«

Er ging auf sie zu, und sie wich einen Schritt zurück. Dabei prallte sie mit dem Rücken gegen die Küchentheke. Sie verkniff es sich, vor Schmerzen aufzustöhnen.

Er lachte amüsiert.

»Schenk uns zwei Gläser Rotwein ein. Ich weiß, dass du welchen im Haus hast.«

Erst jetzt sah Kathy die Pistole in seiner Hand, die er langsam hinter dem Rücken hervorgezogen hatte. Ob diese echt war, konnte sie nicht sagen. Sie hatte noch nie eine Waffe gesehen. Außer im Film.

Er musste ihren Blick gesehen haben.

»Die ist nur dafür da, dass du mir nicht wegrennst. Wenn du dich benimmst, benutze ich sie nicht.«

Sie ging um die Küchenzeile herum, griff zwei Gläser aus

dem Regal und entkorkte einen Rotwein. Dann schüttete sie beiden einen Schluck ein und reichte ihm ein Glas.

Er stieß mit ihr an.

»Auf unser Date«, flötete er und trank. Dabei ließen er und der Lauf seiner Waffe sie keine Sekunde aus den Augen.

71

Dein Blick, als du dich umdrehtest und mich gesehen hast, war einfach unbezahlbar. Hast du mit mir gerechnet? Mit dem armen kleinen Tim, der dir so ans Herz gewachsen ist und den du in deiner Unprofessionalität viel zu nah an dich herangelassen hast?

Du zitterst und hast Angst vor mir. Und ich genieße jede Sekunde davon. Ich bin richtig aufgeregt, denn das ist das Happy End. Das Ende der Geschichte. Das Ende *unserer* Geschichte.

Der Wein beruhigt auch meine Nerven ein wenig. In den letzten Monaten bin ich mit dir gemeinsam zum Trinker geworden. Ich sehe, wie du dich nervös umschaust und nach Möglichkeiten suchst, mir zu entkommen. Dein Blick wandert unruhig von meiner Waffe zu meinen Augen. Du fragst dich sicher, ob ich es ernst meine? Siehst du noch.

Die Gazelle hat also doch noch nicht aufgegeben. Du kämpfst noch ein wenig weiter.

Noch will ich dir nicht verraten, ob und wie du stirbst, aber denkst du, ich mach es dir einfach? Eine schnelle Hinrichtung? Oh nein!

Was meinen Sie, liebe Zuschauer? Was empfinden Sie als angemessene Strafe für diese kleine Lügnerin?

»Selbstjustiz macht einfach viel mehr Spaß, als auf die mangelhafte Legislative, korrupte Judikative und nicht angemessene Exekutive des Staates zu vertrauen. So werde ich wahrscheinlich nur in eine geschützte Einrichtung kommen für den Rest meines Lebens. Ich bin unzurechnungsfähig.

Der arme kleine Tim mit der Identitätsstörung, den du selbst behandelt hast. Du hast die Diagnosen gestellt, die es mir ermöglichen, hier unbeschadet herauszukommen. Genial.«

»Warum tötest du mich nicht gleich?«

»Das ist doch langweilig. Ich habe meinem Publikum eine große Show versprochen, und wir wollen sie doch nicht enttäuschen oder nicht?«

Du guckst mich an, als hätte ich den Verstand verloren.

»Heute drehen wir den Spieß einmal um«, beginne ich mein Plädoyer. »Das wird deine Therapiestunde, und du wirst auf jede Frage antworten, hast du verstanden?«

Du nickst stumm. Braves Mädchen.

»Aber zuerst setzt du dich auf diesen Stuhl, Hände nach hinten. Ja, genau so.«

Ich binde dir deine Hände auf dem Rücken mit Kabelbindern zusammen, die ich mitgebracht habe. Du lässt es willig geschehen. Wobei ich bezweifle, dass du es aus Ergebenheit tust, sondern vielmehr aus Angst vor dem, was passiert, wenn du es nicht tust.

»Du bist krank«, stellst du fest.

»Ach was! Das ist ganz was Neues!«

»Du bist ein Psychopath. Warst du schon immer so?«

»Werde nicht frech, meine Liebe, sonst muss ich dich bestrafen, und das wird dir nicht gefallen. Ich habe dir gesagt, dass *ich* heute die Fragen stelle.«

Du holst Luft, um etwas zu sagen, doch ich bringe dich mit einem Schlag ins Gesicht zum Schweigen. Ich spüre, dass du versuchst, mich zu analysieren, um eine Erklärung für die Gesamtsituation zu finden. Wahrscheinlich denkst du, ich hätte selbst ein schlimmes Trauma erlebt, wodurch sich meine Persönlichkeit spaltete. Falsch! Ich bin nur ein

Meister der Fantasie und Schauspielkunst. Und Hobby-Psychologe.

»Du hast versucht, dir das Leben zu nehmen … So bist du in der Klinik gelandet …«, versuchst du die Puzzleteile zusammenzusetzen.

»Denkst du, ich wäre so dumm? Ich weiß, wie man die Schnitte setzt, damit man nicht stirbt. Ich weiß auch, wie man eine Borderlinekrankheit vorspielen kann. Lass uns Scharade spielen. Nenne mir eine Diagnose und ich zeige dir, wie sie aussieht.«

Du schweigst. Verdutzt von meinem Geniestreich. Und ich lache.

»Warum hast du damals behauptet, dass mein Vater dich missbraucht hat?«, frage ich nun.

»Weil es wahr ist!«, erfolgt die direkte Antwort.

»Das ist keine Begründung. Was hat er dir vermeintlich angetan?«

»Er hat mich vergewaltigt.«

»LÜGE«, sage ich und schlage dich erneut ins Gesicht.

»Du glaubst, deinen Vater zu kennen, aber er ist ein Schwein.« Du siehst mich zornig an, alle Angst scheint verflogen.

Das muss ich ändern. Niemand bezeichnet meinen Vater als Schwein. Niemand.

Ich stehe auf und schlage dir so fest ins Gesicht, dass deine Nase zu bluten beginnt. Dein Kopf hängt kraftlos zur Seite, doch du sprichst leise weiter.

»Er hat mich während des Unterrichts lüstern angesehen. Er hat mir gesagt, dass deine Mutter ihn langweilt, er hat sich bei mir ausgeweint. Und dann hat er versucht, sich bei mir zu holen, was er bei ihr nicht kriegen konnte.«

»LÜGE! Er hat sich deiner angenommen, weil du dir die Arme zerfetzt hast und niemanden zum Reden hattest. Ich will nur wissen, warum du ihm das angetan hast, obwohl er so nett zu dir war.«

»Er war wohl ein wenig zu nett …«

Ich kann mir das nicht anhören. Die Wut und der Hass explodieren in mir.

»Du hast ihn nicht gesehen!«, schreie ich mittlerweile und laufe auf und ab.

Die Bilder spielen sich wie ein Loop vor meinen Augen ab.

Hocker.

Benzin.

Lack.

Sein toter Körper, der von der Decke baumelt.

Es tut mir leid.

Eine Träne.

Tod.

Versagen.

»Du hast nicht gesehen, wie er mich anschaute, als er tot von der Decke baumelte. Er hat mir alles erzählt. Er hat mir erzählt, dass du diejenige warst, die ihn verführen wollte, aber er abgelehnt hat. Dass du ihn vernichten wolltest, weil er dir nicht zugeneigt war. Dass du dich wie eine billige Hure an ihn herangeschmissen hast.«

»Was macht dich so sicher, dass er unschuldig ist?«, fragst du mich laut schluchzend.

»Ich weiß es einfach.«

Papa war der liebste Mensch auf Erden, bevor die Gesellschaft ihn ausgrenzte, bevor seine Familie entzweit wurde, bevor er dem Alkohol verfiel, bevor er den Freitod wählte.

Ich zücke mein Messer, welches ich bis dahin in meiner Socke versteckt hatte, und setze den entscheidenden Schnitt.

Du schreist.

72

Ein brennender Schmerz durchfuhr ihren linken Arm und sie schrie auf. Sie spürte eine warme Flüssigkeit über ihre zusammengebundenen Hände laufen und hörte sie auf den Boden tropfen. Blut.

»Mal sehen, wie lange du brauchst, bis du langsam ausgeblutet bist. Ich schaue mir das Spektakel aus nächster Nähe an und genieße jede Sekunde. War es nicht dein Wunsch, so zu sterben?«

Er grinste sie an. Sie wusste nun, dass er in jener Nacht hier gewesen war und ihr die Nachricht »So nicht« hatte zukommen lassen. Er wollte sie selbst umbringen, und sie wäre ihm beinahe zuvorgekommen. Hätte sie den Schnitt doch nur tiefer gezogen …

Kathy spürte nichts mehr, außer ein seltsames Kribbeln in ihren Fingerspitzen. Sie stand wohl unter Schock.

Bist du bereit, zu sterben?

Sie spürte, dass sich in ihr ein friedvolles Gefühl ausbreitete bei dem Gedanken, ihre Mutter bald wiederzusehen. An einem friedlichen Ort zu sein. Fern von all dem Leid.

Doch auf einmal sprachen viel mehr Argumente für das Leben.

Sie hatte noch zu viel zu klären. Sie musste sich mit Lissy aussprechen, mit ihrem Vater, und sie wollte noch ihre große Liebe finden, heiraten, Kinder bekommen. Es gab noch zu viele »Wenn-Danns«.

War man jemals bereit zu sterben?

Es war seltsam, dass sie ausgerechnet jetzt darüber nachdachte, wo sie langsam ausblutete. Sie würde auf die Weise sterben, die sie sich gewünscht hatte.

Ihr blieben nur noch wenige Minuten.

»Denkst du wirklich, dass du so schlau bist?«, fragte sie.

Was hatte sie noch zu befürchten? Dass er ihr in den Kopf schoss und es damit noch schneller beendete? Dann war es so. Sie hatte sich schon oft mit dem Tod unterhalten, doch niemals so innig wie jetzt.

Er schaute sie verwirrt an. Noch wirkte er ruhig.

»Hast du so eine Angst vor der Wahrheit, dass es dir wahrscheinlicher erscheint, dass ein junges Mädchen sich eine derartige Geschichte ausdenkt?«

»Welche Wahrheit?« Er konnte eine leichte Unruhe nicht mehr verbergen.

»Das weißt du doch«, versuchte sie anzusetzen. Sie würde nicht ohne einen Kampf aufgeben. Und wenn es das Letzte war, was sie tat. Einem Patienten zu helfen.

»Sag es mir ins Gesicht!«, brüllte er und sprang auf, lief unruhig durch die Wohnung.

»Dass dieses Schwein dich auch vergewaltigt hat!«, schrie sie mit letzter Kraft, bevor sie erschöpft zusammensank. Sie hatte das Gefühl, langsam einzuschlafen, während das Blut rhythmisch aus ihrem Körper pulsierte.

»Nein, Nein, NEIN!!!!!«, schrie Tim und schlug gegen die Wand. Im nächsten Moment war er plötzlich wieder ruhig und lächelte sie an.

»Bevor du stirbst, möchte ich dir aber noch eine Wahrheit offenbaren«, säuselte er.

Er hielt ihr ein Foto unter die Nase, auf welchem er neben Lissy stand und beide grinsten. Es musste bei der Verlobungsfeier entstanden sein, sie erkannte das blaue

Kleid wieder, in welchem Lissy ausgesehen hatte wie ein Engel.

»Lissy …?«, murmelte sie fragend.

» … ist meine liebe, süße Schwester«, beendete er ihren Satz. »Ich habe sie so wunderbar in dein Leben eingeschleust. Dein komplettes Leben ist eine Illusion und eine Lüge.«

Kathy konnte nicht wissen, dass er nicht die Wahrheit sagte. Tim wollte sie mit dem Gefühl ins Jenseits schicken, dass sie verraten worden war.

In dem Moment wurde der Raum von flackerndem blauem Licht erleuchtet.

»Was hast du getan?«, fragte er entsetzt.

»Wenn Lissy auf *deiner* Seite steht, warum ist sie dann bereit, *mir* das Leben zu retten?«, fragte Kathy ihn mit letzter Kraft und triumphierte innerlich. Ein Lächeln umspielte ihre blassen Lippen.

Sie hörte einen lauten Schuss, bevor sie im befreienden Nichts versank. Sterben fühlte sich schöner an, als sie es sich vorgestellt hatte. Zum ersten Mal seit langem war sie vollkommen befreit von Angst.

73

Ein Licht empfing sie. Es war heller als alles, was sie je gesehen hatte, und strahlte eine Schönheit aus, die sie nicht beschreiben konnte.

Das musste der Himmel sein, demnach war sie also tot.

Sie lag auf einem weichen Untergrund, gebettet in Blumen. Eine Frau schwebte auf sie zu, ihr Gewand war weiß und leuchtete wie die Sonne.

»Kind, was machst du denn schon hier?«, erklang die vertraute Stimme ihrer Mutter. Diese beugte sich zu ihr herunter und ergriff ihre Hand.

Kathy fiel ihrer Mutter um den Hals und weinte an ihrer Schulter. »Ach Mama, es tut so gut, wieder bei dir zu sein. Es war so einsam ohne dich.«

Ihre Mutter wiegte sie hin und her wie damals, als sie von Albträumen geplagt zu ihr ins Bett gekrochen war, und summte ihr ein Schlaflied aus alten Zeiten.

Sie wurde ruhig und ließ sich zurück in das weiche Blumenbett fallen. Ihre Mutter setzte sich zu ihr und strich ihr über die Wange.

»Ich sehe, dir ist es nicht so wohl ergangen, wie ich es mir für dich ausgemalt hatte«, stellte sie fest und schaute ihre Tochter dabei betrübt an.

»Vielleicht nicht ganz, aber ich hatte auch einige glückliche Momente. Ich habe einen Beruf gehabt, in dem ich Menschen helfen konnte. Ich habe Freunde gefunden, ich habe geliebt und gelebt, aber ich habe auch viel Mist gebaut. Ich habe mich würdelos verhalten, ganz und gar nicht, wie du es dir ausgemalt hast.« Kathy schämte sich für ihre Taten. Für die zahlreichen Männergeschichten, die betrunkenen Partynächte, den übermäßigen Alkoholkonsum.

»Es gibt nichts zu verzeihen, mein Kind. Wir alle haben einen anderen Weg zu gehen, um zu uns selbst zu finden, manche brauchen eben ein wenig länger.«

Ihre Mutter lächelte herzlich, drückte ihr einen Kuss auf die Stirn und stand auf.

»Wohin gehst du?«

»Deine Zeit ist noch nicht gekommen«, sagte sie nur, winkte ihr zu und verschwand im Licht.

»Was meinst du damit?«, schrie Kathy ihr hinterher, nur um danach ins Bodenlose zu fallen. Sie fiel und fiel. Das Licht verschwand und wurde durch flackernde Lichter ersetzt.

Sie schlug auf.

Sie hörte verschiedene Laute. Der Untergrund bewegte sich ruckelnd. Ihre Augenlider gingen nur mühsam auf, als hätte man sie zusammengeklebt.

»Wir haben sie wieder«, sagte eine fremde Stimme.

Erst jetzt erkannte sie, dass sie sich in einem Rettungswagen befinden musste.

»Schön, dass Sie wieder da sind«, sagte eine weibliche, ihr ebenfalls fremde Stimme direkt an sie gerichtet. Die Frau beugte sich über sie und lächelte erschöpft.

Wie lange war sie weg gewesen?

Sie spürte einen Stich am Arm und fiel kurz darauf in einen traumlosen Schlaf.

74

Als Kathy das nächste Mal erwachte, wurde sie von Helligkeit geblendet, doch diese war eine andere als die leuchtende, friedvolle Atmosphäre, in der sie ihrer Mutter begegnet war.

Der Untergrund fühlte sich zwar weich an, aber war keinesfalls vergleichbar mit dem himmlischen Blumenbett, auf dem sie zuvor noch gelegen hatte.

Beißender Geruch von Desinfektionsmittel stieg ihr in die Nase und sie verzog das Gesicht.

»Sie ist wach!«, rief jemand. Es war Lissys Stimme, in der neben Freude auch eine Spur von Erleichterung mitschwang.

Doch es befand sich noch eine weitere Person mit im Zimmer.

Als sie den Kopf nach rechts drehte, sah sie ihren Vater am Bett sitzen. Er lächelte ihr entgegen und drückte ihre Hand, die er wohl schon vorher gehalten haben musste. Sie hatte selten Emotionen in seinem Gesicht gesehen, doch diese war echt. Eine Träne stahl sich aus ihrem Augenwinkel und fand ihren Weg zum Kopfkissen.

Sie war gerührt.

»Wie lange war ich weg?«, fragte sie kraftlos. Ihre Stimme erklang seltsam rau und fremd in ihren eigenen Ohren.

Lissy antwortete. »Die ganze Nacht und einen halben Tag. Zwischendurch wussten wir nicht mal, ob du es schaffen wirst.« Ihre Stimme wurde von heftigen Schluchzern unterbrochen.

Kathys Erinnerungen kehrten langsam zurück. Als sie den Verband um ihren linken Arm sah, wusste sie, dass es kein Albtraum gewesen war, sondern die grausame Realität.

»Tim …«, murmelte sie und schaute Lissy fragend an.

»Er ist tot«, sagte diese. »Er hat sich in den Kopf geschossen.«

Warum hatte er sie nicht erschossen, wenn es doch sein Hauptziel gewesen war, sie zu töten? Vermutlich hatte er geschlussfolgert, dass man ihr nicht mehr würde helfen können. Sie hatte zu jenem Zeitpunkt schon sehr viel Blut verloren.

»Er hat mir erzählt, dass du seine Schwester bist … und dass du Bescheid wusstest …«

»Ja, er ist mein Bruder, aber ich wusste nicht, was er im Schilde führt. Ich hoffe, du glaubst mir.«

Kathy nickte. Dass Lissy einen anderen Nachnamen als Tim hatte, lag vermutlich daran, dass ihre Mutter noch einmal geheiratet hatte und sie beide den Namen des neuen Ehegatten angenommen hatten. Wahrscheinlich wollte sie mit ihrem alten Namen, der für Vergewaltigung und Grausamkeit stand, nichts mehr zu tun haben.

»Kann mich trotzdem jemand noch über die Ereignisse aufklären?«, klinkte sich ihr Vater in das Gespräch ein, für den das ganze Szenario völlig utopisch erscheinen musste, was es auch war.

»Tim kennst du ja«, begann Kathy. Sie musste all ihre Kräfte zusammennehmen, um die Geschichte zu erzählen.

Ihr Vater nickte nur.

»Tim ist der Sohn von Herrn Lehnhardt, du weißt ja noch, wer das ist, oder?«

Wieder nickte er. Doch diesmal hatten sich seine Gesichtszüge deutlich verdunkelt.

»Tim war der felsenfesten Überzeugung, dass sein Vater unschuldig war und hatte sich geschworen, ihn nach seinem Tod zu rächen. Vermutlich hat er seinen Personalausweis fälschen lassen, um sich in die Klinik einzuschleichen. Er hat sich immer weiter in seine Wahrheit hineingesteigert und in mir ein Feindbild geschaffen, welches er auszulöschen hatte …«

» … und beinahe geschafft hätte«, beendete Lissy ihren Satz. »Tim war als Kind schon auffällig, hat sich oft danebenbenommen, war ein Außenseiter. Die Trennung meiner Eltern hat ihm sehr zu schaffen gemacht. Meine Mutter nahm mich mit und mein Vater bekam Tim. Seitdem hatten wir nicht mehr so viel miteinander zu tun. Tim und ich haben uns nie wirklich gut verstanden. Meine Mutter hat mir erst vor Kurzem den wahren Grund erzählt, weshalb die Ehe auseinandergegangen war. Aber sie hat mir nicht gesagt, wer das Opfer war. Und ob Tim ebenfalls von meinem Vater missbraucht worden ist, werden wir nicht mehr erfahren …«, sie unterbrach sich.

»Kathy, ich hoffe du glaubst mir, dass ich damit nichts zu tun hatte. Dass wir uns damals kennengelernt haben und Freundinnen geworden sind, war wirklich Zufall.«

»Nein«, sagte Kathy bestimmt. »Es war Schicksal.« Sie lächelte.

In dem Moment klingelte Lissys Handy und sie verließ den Raum, um den Anruf entgegenzunehmen.

»Kathy, du machst Sachen«, sagte ihr Vater und drückte ihre Hand noch einmal fester.

»Ich habe Mama gesehen«, erzählte Kathy ihm leise.

Er schaute sie groß an, seine Augen füllten sich mit Tränen.

»Sie war wunderschön und hat mich getröstet. Sie hat mir gesagt, dass meine Zeit noch nicht gekommen ist und hat mich wieder zurückgeschickt.«

»Ich vermisse sie jeden Tag«, sagte der Witwer und ließ seinen Tränen freien Lauf. Die angesammelte Trauer der letzten Jahre entlud sich mit einem Mal.

»Ich habe viele Fehler gemacht, Kathy. Es tut mir so leid.«

»Ich habe dich gebraucht, Papa, und das tue ich immer noch. Warum hast du mich ausgeschlossen? Ich habe Mama doch auch vermisst …«

»Du hast ihr so ähnlich gesehen und tust es immer mehr. Es hat wehgetan, dich zu sehen …«

Sie wusste nicht, ob sich ab diesem Moment viel ändern würde oder ob dieser rührselige Augenblick einmalig sein würde und lediglich der Tatsache geschuldet war, dass sie von den Toten zurückgekehrt war. Aber es fühlte sich gut an.

In dem Moment kam Lissy zur Tür herein. Ihr Gesicht war weiß wie die Wand.

»Was ist passiert?«, fragte Kathy ihre Freundin und hatte das Gefühl, dass eine Bombe kurz davor war, zu explodieren.

Lissy setzte sich und wirkte, als ob sie jeden Moment ihr Bewusstsein verlieren könnte.

»Das war die Polizei«, begann sie.

»Und?«

»Meine Mutter wurde ermordet … Sie vermuten, dass Tim …« Ihre Stimme wurde unterbrochen von heftigen Schluchzern, und sie brach zusammen.

Martin von Bergen betätigte den Notruf und eine Krankenschwester kam herein.

»Bitte holen Sie einen Arzt und bringen Sie etwas zur Beruhigung mit. Schnell«, befahl er streng.

Die Angesprochene eilte aus dem Zimmer, um kurz darauf mit einem Mann im weißen Kittel hereinzukommen.

Lissy erhielt irgendeine Tablette, die sie wortlos schluckte, dann setzte sie sich mit Hilfe auf einen Stuhl und starrte vor sich hin.

Sie alle wussten, dass kein Medikament dieser Welt den Schmerz zu unterdrücken vermochte, der sich in ihnen allen ausgebreitet hatte wie ein Krebsgeschwür.

75

Damals

Kathy folgte Herrn Lehnhardt runter in das Archiv. Sie hatte sich freiwillig gemeldet, ihm beim Tragen der schweren Bücher zu helfen.

Sie genoss die Zeit mit ihm, wenn sie sich unterhielten. Er hatte etwas Väterliches an sich, und zum ersten Mal nach Mamas Tod fühlte sie sich verstanden.

Sie hatte seine Blicke gesehen, die er ihr auch während der Unterrichtsstunden zugeworfen hatte.

Nur wegen ihm hatte sie sich in den Deutsch-Leistungskurs eingewählt. Eigentlich hatte sie für Literatur und dergleichen nicht viel übrig. Aber für ihn würde sie alles tun, auch wenn es bedeutete, dass sie sich auf einmal für Goethe und Schiller interessieren musste.

Es war viel älter als sie, aber Liebe kannte bekanntlich keine Grenzen und es war ihr auch egal. Bisher hatte sie sich nicht getraut, ihn darauf anzusprechen, denn auch wenn sie sich beinahe sicher war, dass er ihre Gefühle erwiderte, so hatte sie trotzdem Angst vor Zurückweisung.

Ihre Grundvoraussetzungen waren alles andere als gewöhnlich. Sie war minderjährig, er verheiratet. Doch sie würden gemeinsam einen Weg finden, dessen war sie sich sicher.

Sie spürte die Erregung, je weiter sie zum Archiv vordrangen. Es roch nach staubigen Akten und Schimmel. Aber sein zartes Parfüm, was sie so an ihm mochte, überdeckte diesen Geruch.

Er öffnete einen Raum.

»Du kannst die Bücher dort ablegen und vielen Dank für deine Hilfe.«

Sie legte die schweren Bände ab. Dann drehte sie sich zu ihm um, umfasste sein Gesicht und küsste ihn leidenschaftlich. Es fühlte sich so gut an. Doch plötzlich beendete er abrupt die leidenschaftliche Szene.

»Kathy, was ist in dich gefahren?« Er blickte sie erschrocken und geschockt zugleich an.

»Ich liebe Sie. Und ich weiß, dass Sie genauso fühlen.« Mit diesen Worten ergriff sie seine Hand, führte sie zwischen ihre Beine und schaute ihn lasziv an.

»Hör auf!« Er entzog ihr seine Hand ruckartig und trat einen Schritt zurück.

»Es tut mir leid, wenn ich dir das Gefühl gegeben habe, dass ich Zuneigung empfinde. Dem ist nicht so. Ich bin glücklich verheiratet und habe eine Familie.«

»Aber Sie sind nicht glücklich. Ich sehe das. Sie wollen mich.« Sie ging einen Schritt auf ihn zu und versuchte erneut, ihn zu küssen.

Er wehrte ihren Angriff mit seiner Hand ab.

»Hör auf. Ich bitte dich. Ich werden den Vorfall nicht melden, wenn du unverzüglich damit aufhörst. Es tut mir leid, wenn du da etwas fehlinterpretiert hast.«

Kathy schaute ihn entgeistert an. Nein. Das konnte nicht wahr sein. Sie hatte sich nicht getäuscht.

»Komm, wir gehen jetzt.« Seine Stimme klang völlig reserviert und ihm war sein Unwohlsein mit der Situation deutlich anzusehen.

Er verließ den Raum und ließ sie verstört zurück.

Fehlinterpretiert. Fehlinterpretiert? Ich habe mich nicht ge-

irrt. SIE können nicht zu Ihren Gefühlen stehen! SIE sind der Fehler!

Sie ergriff einen der schweren Bände und schleuderte ihn vor Wut schreiend gegen die Wand. Als sie auf die willkürlich aufgeschlagenen Buchseiten blickte, stachen ihr einige Wörter ins Auge.

Sie beugte sich herunter, um besser lesen zu können.

Sag ihnen,
mein Handwerk ist (Wieder)Vergeltung –
Rache ist mein Gewerbe.

Friedrich Schiller

Sie fühlte sich in dem Moment auf eine wohlige Weise verstanden und grinste. Auf einmal war ihr Interesse an Schiller kein geheucheltes mehr. Dieser Mann hatte diese Zeilen für sie geschrieben, und das Schicksal hatte ihr diese zukommen lassen.

Kurz darauf verließ sie das Archiv.

In ihrer Hand hielt sie die herausgerissene Seite des Buches.

Rache ist mein Gewerbe.

Besuchen Sie uns im Internet:
www.deutscher-lyrik-verlag.de
www.karin-fischer-verlag.de

FSC
www.fsc.org
MIX
Papier aus verantwortungsvollen Quellen
FSC® C083411

Bibliografische Information der Deutschen Nationalbibliothek
Die Deutsche Nationalbibliothck verzeichnet diese Publikation in der Deutschen Nationalbibliografie; detaillierte bibliografische Daten sind im Internet über http://dnb.d-nb.de abrufbar.

ISBN 978-3-8422-4884-7

Umschlaggestaltung © Vogelsang Design
unter Verwendung eines Bildes von Pixabay
und eines Portraitfotos von © J. Müller-Späth

Gesamtgestaltung: mo-rom

Hergestellt in Deutschland